MOEURS FRANÇAISES.

MOEURS
ADMINISTRATIVES,

POUR FAIRE SUITE

AUX OBSERVATIONS

SUR LES MOEURS ET LES USAGES FRANÇAIS

AU COMMENCEMENT DU XIXe. SIÈCLE.

TOME II.

Les formalités exigées ayant été remplies, les contrefacteurs seront poursuivis suivant la rigueur des lois.

Cet ouvrage se trouve aussi à

Agen. . . chez	Noubel.		Rossange.
Aix-la-chap.	Laruelle.	Londres. . {	Dulau.
Angers. . . .	Fourrié-Mame.		Treuttel et Würtz.
Arras. . . .	Topino.	Lorient. {	Caris.
Bayonne. . .	Bonzom.		Fauvel.
Berlin. . . .	Schlesinger.		Bohaire.
Besançon. . {	Deis.	Lyon. . . {	Faverio.
	Girard.		Maire.
Blois. . . .	Aucher-Éloi.	Manheim . .	Artaria et Fontaine.
Bordeaux. {	Mme. Bergeret.	Mans.	Pesche.
	Lawalle jeune.	Marseille.. {	Chardon.
	Melon.		Maswert.
	Coudert.		Moissy.
	Gassiot.		Camoin.
	Gayet.		Chaix.
Bourges . .	Gilles.	Metz. . . {	Devilly.
Breslau. . .	Korn.		Thiel.
Brest. . . {	Le Fournier-Desp.	Mons.	Leroux.
	Égasse.	Montpellier {	Sevalle.
	Michel.		Gabon.
Bruxelles.. {	Lecharlier.	Moscou. . .	Fr. Ris père et fils.
	Demat.	Nancy. . . .	Vincenot.
	Stapleaux.	Nantes. . . .	Busseuil.
	Lacrosse.	Naples. . {	Borel.
Caen. . . {	Mme. Belin-Lebaron.		Marotta et Vauspandoch.
Calais. . . .	Leleux.		
Cambray. . .	Giard.	Nîmes. . . .	Melquiond.
Chartres. . .	Hervé.	Niort. . . .	Élies-Orillat.
Clermont-F..	Thibaud.	Orléans. . .	Huet-Perdoux.
Dijon. . . {	Lagier.	Rennes... {	Duchesne.
	Noellat.		Moliex.
	Tussa.	Rouen. . . {	Frère.
Dunkerque. {	Bronner-Beauwens.		Renault.
	Létendart-Delevoye.		Dumaine-Vallée.
Florence. . .	Piatti.	Saint-Brieux.	Lemonnier.
Francfort. . .	Brœnner.	Saint-Malo..	Rottier.
Gand. . . {	Dujardin.	Saint-Pétersbourg. {	C. Weyer.
	Houdin.		Saint-Florent.
Genève. . {	Paschoud.	Stockholm...	Cumelin.
	Mangez-Cherbuliez.	Strasbourg. .	Levrault.
Havre. . {	Duflo.	Toulouse. {	Vieusseux.
	Chapelle.		Senac.
Lausanne. .	Fischer.	Turin. . . {	Ch. Bocca.
Leipsick. . .	Grieshammer.		Pic.
Liége. . . {	Desoer.	Valenciennes	Lemaître.
	Collardeau.	Vienne. . . .	Shalbacherg.
Lille.	Vanackere.	Warsovie. . .	Klusgsberg.
Limoges. . . .	Bargeas.	Ypres.	Gambart-Dujardin,

PARIS.—IMPRIMERIE DE FAIN, RUE RACINE, Nº. 4,
PLACE DE L'ODÉON.

MOEURS
ADMINISTRATIVES,

PAR M. YMBERT;

POUR FAIRE SUITE

AUX OBSERVATIONS

SUR LES MOEURS ET LES USAGES FRANÇAIS
AU COMMENCEMENT DU XIXe. SIÈCLE.

Orné de deux gravures

et de dix-huit vignettes.

TOME SECOND.

DEUXIÈME ÉDITION.

A PARIS,

CHEZ LADVOCAT, LIBRAIRE

DE S. A. R. MONSEIGNEUR LE DUC DE CHARTRES.
AU PALAIS-ROYAL.

M. DCCC XXV.

·MOEURS

ADMINISTRATIVES.

N°. X. — *7 août* 1824.

DIXIÈME LETTRE

A MADAME....:

Influence des femmes — Gouvernement de la lune. — Madame de Maintenon. — Furies révolutionnaires. — Rendues à la quenouille par Napoléon. — Le manteau de Déjanire. — Réaction. — Danses de joie et de vengeance. — Renaissance des beaux jours. — Administration de boudoir. — Bienfaits qu'on lui attribue. — Immense personnel féminin. — La femme d'un préfet à la femme d'un ministre. — Leçon de déclamation parlementaire. — Cythère et Amathonte. — Bureaux incorruptibles.

L'INFLUENCE de votre sexe est grande partout ; mais elle n'agit nulle part plus activement que sur nos *mœurs*

administratives. Pour n'avoir point de
brevets de directrices générales et de
conseillères d'état , certaines femmes
gouvernent cependant de grandes administrations., et, dans les conseils où
leurs insinuations pénètrent, elles parviennent à faire prévaloir leur opinion.
Un proverbe a frappé de dérision les
hommes d'état qui, en toute occasion,
votent complaisamment avec le pouvoir ; les femmes d'état *n'opinent
point du bonnet.*

Jamais elles n'exercèrent plus d'influence sur les mœurs administratives
que sous les règnes de Louis XIV et
de Louis XV. L'amour avait trouvé
les cœurs de ces monarques vulnérables
de toutes parts ; les siéges réguliers
qu'en firent les dames de La Vallière ,
Montespan, Fontange, Dubarry et tant
d'autres, seront long-temps célèbres.
Alors une grande partie de l'admi-

nistration de l'état entrait dans l'apanage de la favorite : ses bouderies faisaient rappeler un maréchal de France, et obligeaient un fermier général à rendre gorge; ses caresses attribuaient à un sot le commandement d'une armée, et à un fat le gouvernement d'une province. Les ministres travaillaient avec la favorite, et lui offraient mystérieusement la primeur des portefeuilles : les grandes résolutions de paix ou de guerre, les augmentations de charges et d'impôts, les notes et les communications diplomatiques, étaient long-temps mûries dans le boudoir; un vent frais, une atmosphère humide, une migraine ou des vapeurs, décidaient du sort des peuples. Chez les Romains, l'état se gouvernait par les augures ; sous Louis XIV et Louis XV il fut long-temps régi par les phases de la lune.

Vous savez combien est contagieux
l'exemple que donnent les princes : ils
ne manquent d'imitateurs que dans la
pratique des vertus ; les courtisans co-
pient servilement jusqu'aux disgrâces
dont la nature ou le hasard a frappé
leurs maîtres. Je ne sais quel monarque,
devenu borgne, trouva le lendemain
tous ses courtisans portant sur l'œil
un bandeau noir. Quand le prince est
amoureux, tout ce qui l'approche devient galant, et le sceptre administratif
tombe nécessairement aux mains des
femmes. Le premier ministre, les intendans et les commis prennent des
maîtresses : les récompenses n'appartiennent plus au mérite et aux services ;
elles sont aventureusement distribuées
par le caprice en guimpe et en cor-
nette.

Heureux alors les peuples quand le
hasard livre les volontés du prince à

une femme capable d'honorer une si périlleuse position. Telle fut long-temps Mme. de Maintenon. Cette femme illustre ne profita point de sa faveur pour trafiquer des dignités et des grands emplois. Un jésuite, qui ne la connais-sait point, la priait de lui obtenir une audience de Mme. de Maintenon. — Et que voulez-vous d'elle ? — Un emploi pour un de mes frères. — Vous vous adressez mal..... —On assure pourtant qu'elle a beaucoup de crédit. —On s'a-buse. — Ah ! Madame, c'est donc à Mme. de Maintenon que j'ai l'honneur de parler, car elle seule peut se défier de son crédit ? —En effet ; mais je de-mande quelquefois au roi des aumô-nes, jamais de grâces. » «Demandez, Madame, lui disait Louis XIV : vous n'avez rien à vous. — Sire, il ne vous est pas permis de me donner. »

Les favorites, douées de cette modération, ne sont pas moins rares que les grands princes. Loin de professer ce désintéressement, elles s'emparent, à l'exemple des confesseurs, du pouvoir et du trésor, et règnent par l'intrigue et la profusion.

Durant notre funeste révolution, on a vu, non des femmes, mais des furies, usurper une part à l'anarchique autorité, dicter des décrets à la barre, et des arrêtés aux comités exécutifs. Le consulat rappela les femmes au seul gouvernement de leur ménage, et, peu de temps après, l'empire les contenant plus étroitement encore dans les liens domestiques, ne leur laissa que l'aiguille et la quenouille.

Cette époque assombrira l'histoire de votre sexe : il vivait dans un complet isolement de la chose publique. Les doctrines de Napoléon étaient cruellement exclusives de l'influence des femmes. On a répété mille fois qu'il était inaccessible aux tendres émotions qui vous attribuent l'empire des cœurs. Cela est faux : il n'était pas insensible à vos charmes : mais il ne leur sacrifiait que de très-courts instans. Cette âme froide vous comptait au nombre des besoins : il ne pouvait tolérer votre présence dans les cabinets de travail ou dans les salles d'audience ; vous n'étiez à ses yeux que des meubles de fête ou de parade : quand ce maître absolu aspirait au gouvernement du monde entier, il vous reléguait à régner obscurément sur le coin du feu. Jamais, sous ce despote, vous n'eûtes la moindre part à la nomination d'un maréchal, d'un évêque, d'un receveur-général ou d'un préfet : les sous-préfectures même échappaient à vos tendres sollicitations, et je ne crois pas qu'un adulte

auditeur vous ait jamais dû la conquête
de son humble brevet.

Napoléon avait donné à l'une de ses
sœurs une riche fourrure dont il aimait
lui-même à s'envelopper. Un jour (c'é-
tait au commencement de la guerre
d'Espagne) dans une de ces matinales
promenades qu'il faisait à Paris, il
monte à cheval avec le prince Berthier,
qui s'était fait suivre d'un pompeux
étar major où ses aides-de-camp se faisaient remarquer par un luxe extraor-
dinaire d'uniformes et de harnache-
ment. L'un d'eux éclipsait les autres ;
et à la faveur des combats que le vent
livrait au manteau dont ce jeune aide-
de-camp était enveloppé, Napoléon
reconnaît cette fourrure de la muni-
ficence fraternelle, qu'un sentiment trop
tendre avait imprudemment fait passer
de ses épaules sur celles du téméraire
favori. Il l'appelle. « Que faites-vous

ici, Monsieur? ce manteau n'est point fait pour le vent des Champs-Elysées. Partez ce soir pour le quartier général, et rapportez-le criblé des balles de l'armée d'Espagne. Voilà comme il le faut gagner. » Vainement Berthier intercède pour son aide-de-camp : Napoléon est inflexible. Mais sa sœur se présente le soir même à l'Elysée, et ose élever la voix en faveur d'un protégé dont l'absence lui coûterait des larmes. « Habillez des poupées, lui dit-il, et non mes officiers. » Le jeune aide-de-camp partit et se fit tuer. Il avait gagné son manteau ; c'était celui de Déjanire.

Vous voyez que, sous ce règne de fer, les femmes vivaient dans un état d'oppression qui, seul, aurait suffi pour amener une révolution. Refuser un simple capitaine aux prières d'une princesse! Cette inhumanité se peut-elle concevoir? Il ne faut pas, sans doute, que vous ordonniez des levées, que vous formiez des états-majors; mais y a-t-il un grand mal à vous laisser une petite part à l'organisation de l'armée?

Si cet état d'oppression a été violent, la réaction a fait explosion. Vous avez vu revenir avec enthousiasme les petits-fils de Henri IV, de ce *vert-galant* qui savait concilier et la gloire et l'amour. Cet heureux retour vous promettait de reconquérir largement, sur nos travaux et nos entreprises, cette influence que vous abandonnent facilement des cœurs français. Rappelez-vous les exclamations dont votre sexe fit retentir la capitale, les danses de joie et de vengeance dont il frappa le sol des Tuileries. Votre exaltation trouva sur-le-champ d'ingénieux interprètes, et les mouchoirs blancs, suspendus aux fenêtres, agités par vos jolies mains, improvisèrent les drapeaux qui manquaient à votre délire.

Vous n'avez point encore ressaisi toute l'autorité à laquelle vous avez droit ; les habitudes impériales tiennent obstruées des avenues où vous parviendrez à pénétrer ; mais vous occupez les meilleurs postes. Malheureusement vous ne vous piquez point de cet esprit de corps et de congrégation qu'on regarde comme l'origine du succès des jésuites ; vous agissez isolément, sans code, sans préceptes, vous n'avez point de *monita secreta*. Vous avez de l'adresse et pas de patience. Toutefois vos beaux jours commencent à renaître, et votre part est déjà ronde.

Aujourd'hui il est de nouveau reconnu que vos passions, comme les nôtres, doivent avoir part aux destinées du pays. Sous Napoléon, la femme d'un ministre n'avait point d'avis ; main-

tenant elle est *puissance*, et doit l'être.
Cet empire qu'elle a sur le cœur d'un
mari dans toutes les choses d'affection
et de sentiment, pourquoi ne l'exerce-
rait-elle pas sur les portefeuilles? Ne
peut-elle donner un bon conseil, indiquer un heureux choix? Dieu merci,
vous êtes redevenues partie agissante
et active dans les affaires publiques, et
cette action est d'autant moins cho-
quante qu'elle est inaperçue. Elle part
du salon, du boudoir et de la chambre
à coucher; elle opère par de tendres
engagemens, par de voluptueuses espérances. La tribune et les tapis verts ne
lui servent pas de théâtres; elle se tient
derrière la toile, et, comme les en-
chanteurs de l'Opéra, prépare, dans le
secret, ses miraculeux édifices.

Oui, Madame, votre sexe a peut-
être quelque légère part à ces lois ex-
cellentes où se développent chaque

jour nos nouvelles institutions. N'y a-
t-il pas un peu de votre tolérance naturelle dans la loi qui régit la liberté
de la presse ? Ne seriez-vous pas pour
moitié dans la faculté du double vote ?
Cette inspiration a quelque chose au-
dessus du génie de l'homme. N'est-ce
point vous, quoi qu'en disent quelques
esprits mécontens, qui contribuez à
purger notre théâtre de productions
licencieuses et impertinentes, et qui
fournissez secrètement aux censeurs
ces ciseaux, votre arme favorite, dont
ils font un si prudent usage ? Et, pour
citer enfin un bienfait plus récent qui
porte avec soi tous les caractères de
votre goût et de votre piété, cette influence mystérieuse n'entrerait-elle pas
comme élément dans le double choix
que vient de faire l'Académie, de monseigneur l'archevêque de Paris, et de
M. Soumet ? Loin d'accuser cette in-

fluence, je l'appelle de tous mes vœux :
nous lui devrons peut-être quelque
jour la loi sur la responsabilité des ministres.

Il n'est pas téméraire d'avancer que
la grande majorité des fonctionnaires
est mariée : il est peut-être non moins
exact de reconnaître, au train dont les
femmes ont mené les choses, que, depuis la chute du grand empire, elles
ont repris sur leurs maris fonctionnaires une bonne moitié du pouvoir
exécutif, à peu près comme César par-
tageait l'empire du monde avec Jupiter.

Nous comptons en France plus de
soixante mille fonctionnaires ; imaginez
quelle doit être la puissance d'action
de leurs soixante mille femmes, autori-
sées aujourd'hui à jeter quelques fleurs
sur l'administration, à introduire de la
grâce dans le recrutement, de la ten-

dresse dans les finances, et de l'amour dans les fournitures ! ·

A la tête de cet immense personnel féminin, je considère avec respect l'autorité acquise par les femmes de nos sept ministres ; je la vois se subdiviser et se communiquer entre trois douzaines de femmes de conseillers d'état en service ordinaire, entre les quatre-vingt-six femmes des quatre-vingt-six préfets, et aller se perdre enfin en passant par les femmes des cinq cents sous-préfets, dans les quarante mille femmes des quarante mille maires de communes.

Je vous ai déjà dit comment se produit cette influence ; elle est douce, bénigne, insinuante ; elle agit sans aucun caractère officiel ; elle ne s'autorise ni de brevets, ni de timbres, ni de cachets. C'est une fée, une magicienne qui, pour être invisible, n'en est pas moins puissante. Quelques exemples

vous apprendront , mieux que je ne
le saurais faire , les ressorts à travers
lesquels se manifeste son action.

La femme d'un ministre a obtenu
de son mari une importante préfecture
pour le mari de son amie. L'une et
l'autre exercent amplement sur leurs
époux l'influence si heureusement res-
tituée à leur sexe. La crise des élections,et la tourmente des nouveaux projets de lois, commencent à se faire sentir ; la femme du préfet écrit en ces
termes à la femme du ministre :

A   le

« Ma chère amie ,

» Ah ! que tu as bien fait de donner
» cette préfecture à mon mari ! Tu ne
» saurais te faire une idée des résis-
» tances que vont rencontrer ici nos élec-
» tions. Je me suis assurée de quatre
» arrondissemens , et je te réponds que

» ton président de collége sortira le pre-
» mier de l'urne électorale ; mais, pour
» l'arrondissement de....., j'en déses-
» père. Il n'y a sorte de moyens que
» je ne mette en œuvre. J'ai écrit de
» ma main à toutes les femmes des
» receveurs de communes , à celles des
» maires, des conseillers municipaux.
» J'emploie à mes circulaires les gar-
» nisaires, les gendarmes et les por-
» teurs de contraintes que mon mari a
» mis à ma disposition. Hier, j'ai eu
» réunion : j'ai déclaré à ces dames que
» la doctrine des destitutions me pa-
» raissait juste, et que nous étions ré-
» solues à la mettre en pratique; j'ai
» ajouté (comme ton mari l'a très-bien
» dit à la tribune) que nous ne vou-
» lions plus désormais *que des amis*
» *ou des ennemis.* En lisant cette dé-
» claration dans le *Moniteur*, je t'ai
» reconnue toute entière. J'ai retrouvé

1 *

» dans cette phrase cette expression
» vive et énergique que tu rencontres
» si facilement, et qui manque à ton
» mari. Dans ces grandes occasions-là,
» souffle-le.

» Dis-lui qu'une instruction réglé-
» mentaire est indispensable pour la
» bonne exécution de la loi des élec-
» tions, qui laisse une infinité de cas
» imprévus. Nous nous en passerons
» au chef-lieu : j'y suis ; mais les pau-
» vres sous-préfets se trouvent embar-
» rassés à chaque instant, et je n'ai
» pas ici de commis qui sache un peu
» rédiger.

» Dis encore à ton mari que, loin
» d'être arriérés sur les contributions,
» les contribuables sont en avance de
» trois mois. La femme du receveur
» général me dit hier qu'ils allaient se
» trouver créditeurs au trésor d'envi-
» ron 800,000 fr. Le recrutement s'est

» fait avec facilité ; nous n'avons que
» dix réfractaires, qui auraient déjà
» rejoint si les curés nous aidaient un
» peu au prône du dimanche.

» Si le grand projet qui doit occu-
» per la session n'est pas encore envoyé
» à l'examen du comité des finances,
» tâche d'y faire introduire la disposi-
» tion dont je te parlais dans ma der-
» nière lettre. Les esprits ne sont pas
» mûrs pour cette brusquerie. Tu ne
» m'as pas paru donner assez d'impor-
» tance à l'amendement que je te pro-
» posais.

» Au surplus, je ferai tout aller ici,
» car mon mari a le grand mérite de
» se rendre aux bons avis. C'est une
» qualité qui manque au tien. Pour-
» tant, je perdrais mon crédit, je te le
» déclare, si tu ne m'obtenais pas pour
» cette session le projet de loi en fa-
» veur de notre pont. J'en ai parlé

» hier à l'ingénieur. N'oublie pas que
» nous devons être autorisés à nous
» imposer pour 1,500,000 fr.

» Adieu, ma bonne, ma tendre,
» ma meilleure amie. »

P. S. « Un billet, qui m'arrive à
» l'instant, m'annonce trois nouvelles
» voix conquises pour nous dans ce
» vilain arrondissement; encore qua-
» tre, et nous aurons la majorité.

» Envoie-moi donc la toque que tu
» as commandée chez Herbault. »

On a vu la femme d'un ministre,
non - seulement mettre la main aux
discours de son mari, mais lui donner
des leçons de grâce et de faconde. Ce
ministre apportait ordinairement à la
tribune l'accent de son pays, un débit
saccadé, une action vive et désordon-
née, et un ton de bonhomie bourrue.
Madame assistait régulièrement aux
séances, où il y avait probabilité que son

mari prendrait la parole. Elle y recueil-
lait des notes sur les gestes maladroits,
les intonations fausses de son disciple;
et, de retour au logis, elle lui disait,
comme à nos acteurs : « Tu as été dé-
» testable : là, tu as manqué d'énergie,
» ici, de dignité. Tantôt tu ralentis
» lourdement ton débit, tantôt tu le
» précipites. J'ai été sur le point de te
» crier aujourd'hui, comme à ma fille
» quand elle est au piano : *Tu pres-*
» *ses.* »

Mais le ministre n'eût tiré que peu
de parti de ces conseils d'une tendre
épouse sans les exercices pratiques dont
ils étaient accompagnés.

Il y a dans les constructions de nos
maisons et de nos hôtels, des accidens
qui ouvrent à la curiosité et à l'indiscrétion de traîtres points de vue, d'où
elles découvrent beaucoup de choses
que l'on imagine profondément secrè-

tes. On s'en croit bien défendu par de
pompeux rideaux; mais le hasard ou le
vent y ont pratiqué quelque légère ouverture; et l'observateur qui se trouve
en face, aidé des principes d'optique,
ne perd rien de ce qui se passe dans
l'appartement. L'amour a souvent fait
son profit de ces éclaircies, et elles ont
procuré quelquefois aux commis des
scènes divertissantes.

C'est à la faveur d'une ouverture semblable, qu'on voyait la femme du ministre donner à son mari des leçons de
déclamation parlementaire. On recon-
naissait, à n'en point douter, qu'elle
commençait d'abord par mettre sa mémoire à l'épreuve. En effet, elle tenait
long-temps à la main un cahier qui,
sans doute, était le discours, et l'on
voyait le ministre remuer les lèvres
comme un écolier qui récite les mille
vers de son *pensum*. Peu après, Son

Excellence se plaçait derrière une table
à la Tronchin, dont la disposition figu-
rait assez bien une tribune; sa femme,
assise en face, faisait galerie; alors commençait une déclamation et des gestes
d'autant plus comiques, que l'on n'en-
tendait rien. Parfois, on voyait madame se lever, prendre une plume et
écrire quelques mots sur le cahier qu'elle
tenait à la main : c'était évidemment
une expression ou une phrase, dont
elle corrigeait l'inconvenance ou la sauvagerie. Souvent, enfin, elle se portait
vivement de son fauteuil au simulacre
de tribune, puis dépostant rudement
son mari, et gesticulant à son tour,
semblait lui indiquer comment il devait
ralentir le débit, l'animer ou le préci-
piter. Peut-être n'était-ce là qu'un amu-
sement, dont l'objet était fort étranger
aux luttes parlementaires; mais il est
constant, que le lendemain ou le sur-

lendemain de ces sortes de scènes, le ministre prenait presque toujours la parole.

Dites-moi maintenant, madame, ce qu'un ministre oserait refuser à une telle épouse? Ne sentez-vous pas qu'il n'est point de secrets pour elle, que le trésor des grâces et des faveurs lui doit être ouvert, et que sa douce influence doit tour à tour descendre jusque dans les plus obscurs bureaux, pour remonter jusqu'au conseil des ministres?

Si je ne craignais pas de faire la part de vos faiblesses, je vous ferais voir les inconvéniens que présente votre trop facile accession aux affaires publiques. Sur soixante mille femmes de fonctionnaires, vous me permettriez de compter quelques infidèles qui usent de leur influence selon les règles de Cythère et d'Amathonte; nous en trouverions bien aussi quelques-unes qui sacrifient exclusivement à Plutus, et dont la protection, toujours aux enchères, contribue à accroître cette réputation de vénalité, dont on cherche méchamment à flétrir l'administration. Si cela était, nous serions bientôt conduits à regretter l'influence des dames sur les mœurs administratives. Que dirions-nous d'une femme de directeur qui, prenant un amant pour en faire un courtier des promotions et des faveurs que son mari distribue, discuterait avec lui, sur le canapé du boudoir, le prix qu'il convient d'y mettre, taxerait une préfecture et coterait un généralat?

Ce sont là des traits qui appartiennent à la haute comédie. Il en est qui égayeraient des ébauches d'un ordre moins élevé; si l'influence des femmes de ministres va jusqu'aux élections et aux projets de loi, celle des femmes de chefs de bureaux et de commis em-

brasse de moindres ambitions, dont les
efforts sont plus divertissans. Il serait
sans doute plaisant de voir ces dames
sollicitées par d'actifs pétitionnaires qui
vont chercher dans les brillans ateliers
d'Odiot, ou dans les magasins parfumés
de madame Chevet, des moyens de sé-
duction : il serait comique de vous montrer ces dames, conseillant à leurs maris
d'adoucir cette conclusion d'un rapport
trop austère, dicter la tournure artifi-
cieuse et la phrase atténuative ; mais
vous auriez plus souvent à applaudir à
la dignité bureaucratique qui repousse
ces offres corruptrices, et force coura-
geusement à battre en retraite les bataillons de bouteilles d'Aï, et les ras-
semblemens de dindes que le Périgord
a truffées.

ONZIÈME LETTRE

A MADAME......

———◦◦◦———

Le protocole. — Espèce de budget. — La considération en
catégories. — Six classes. — Travail du protocole. — Boussole des rédacteurs et de l'expéditionnaire. — Grave correspondance. — Administration par protocoles. — Correspondance ministérielle faite d'avance. — Coqs à l'âne. — Sœur
du protocole. — Labyrinthe sans Ariane. — Bibliothèque
de circulaires. — Modèles. — Le Sphinx. — Phrase qui
coûte cinquante mille francs par an. — Voiture de l'imprimerie royale. — On ploie, on met des adresses, on
cachette.

Dans les grandes administrations il
existe un fonctionnaire impassible qui
accompagne les refus, les disgrâces,
les faveurs et les récompenses d'expressions de civilité, de formes gracieuses

et honorables. Ce fonctionnaire est ce qu'on appelle le *protocole*. Vous ne savez pas ce que c'est que le *protocole*. Je vais vous l'apprendre.

Un ministre est dans la nécessité d'écrire à tout le monde. Il ne peut pas employer avec un simple citoyen les formes qu'il emploierait avec un pair de France. D'un autre côté, il peut moins encore varier son allure épistolaire selon les degrés d'affections ou d'intimité : il n'a d'abord que fort peu d'affections et moins encore d'intimité; ensuite ces nuances délicates que saisissent si habilement le talent ou l'amitié, contrasteraient avec la dignité administrative. Elle a donc imaginé un *protocole* où elle s'est attachée à renfermer, comme en un budget, toutes les prévisions de la politesse et toutes les dépenses de l'urbanité. Pour aucune considération elle ne consentirait à dépasser ce budget

où chacun, depuis le roi jusqu'au dernier sujet, a son article particulier.

Le *protocole* indique comment on
doit s'adresser à telle ou telle personne,
selon les fonctions ou le rang qu'elle
occupe ; il indique aussi comment on
doit la saluer. Ce protocole fut, pendant la révolution, d'une monstrueuse
grossièreté ; on était alors à *tu* et à *toi.*
Beaucoup de vieilles liaisons bureau-
cratiques qui subsistent encore n'ont
pas d'autre origine. Sous l'empire, le
protocole redevint civil, mais on osa
le dégager du luxe d'une infinité de
superlatifs prodigués par le vasselage
et la servilité qui aiment à ramper au
troisième degré de comparaison. Aujourd'hui le protocole a repris tout cet
antique cortége ; mais il a ses subtilités,
que quelques exemples vous apprendront à connaître.

Le protocole est rédigé d'après cette

pensée fondamentale, qu'il n'en coûte
rien d'être poli; ainsi, quelque obscure
que soit la personne à laquelle écrit le
ministre, la lettre porte en vedette ce
mot : *Monsieur...* et se termine par
ceux-ci : *J'ai l'honneur d'être votre
très-humble et très-obéissant serviteur.*
C'est là le fond du protocole. S'agit-il
d'un fonctionnaire? selon le grade qu'il
a, le ministre après ces mots : *J'ai l'honneur d'être,* introduit celui de *considération,* qui est nuancé par les divers
degrés que voici :

Avec considération.

Avec *une parfaite* considération.

Avec *une haute* considération.

Avec *une très-haute* considération.

Avec *la plus haute* considération.

Ce qu'il y a d'agréable, c'est que,
soit que le ministre vous salue avec de
la considération pure et simple, ou
avec *de la parfaite* considération, ou

avec la considération *la plus haute*,
soit qu'il vous suspende de vos fonctions, qu'il vous destitue ou vous donne
l'ordre impératif de remettre votre service à quelque autre, il se dit toujours
*votre très-humble et très-obéissant ser-
viteur*. Cela ne varie pas.

La considération *simple* du ministre
est ordinairement réservée aux sous-
préfets et à leurs analogues ; la *parfaite*
considération est le contingent des
préfets ; la *haute* considération atteint
aux lieutenans-généraux et aux députés ; la *très-haute* considération est faite
pour les pairs de France, et la *plus
haute* pour les ambassadeurs. Viennent
les cardinaux, les évêques, les curés,
les juges, les procureurs du roi, auxquels sont destinées des formules particulières qu'il serait trop long de vous
rapporter.

Ce tarif de la civilité ministérielle

est ordinairement revu, corrigé et mo-
difié par chaque ministre qui arrive au
pouvoir. C'est une grande affaire : Son
Exc. appelle le secrétaire-général à ce
travail et le consulte. On remet là en
question de savoir quelle espèce de
considération on accordera aux différens
échelons du marche-pied administratif?
Selon que le ministre est lui-même
placé ou plus haut ou plus bas par son
grade ou sa noblesse, il ajoute ou re-
tranche de la considération qu'il accor-
de aux autres, car plus il s'en attribue
personnellement, moins il en concède
à ses sous-ordres. Cette discussion est
fort divertissante. Dans ces sous-répar-
titions de considération, on entend
sans cesse répéter : Songez donc qu'il
est duc, baron, marquis. Jamais on
n'entend dire : Songez donc qu'il est
homme de bien, homme de talent,
homme vertueux.

Dès que le nouveau ministre et le secrétaire-général ont réglé le protocole, il devient pièce officielle, il est immédiatement communiqué aux directeurs qui en font suspendre des copies dans tous les bureaux. Là, chacun peut voir, à toute heure, de quel degré d'estime il jouit dans l'esprit de Son Excellence.

Ce protocole est la boussole des expéditionnaires. Le rédacteur, affranchi de toutes les délicatesses de style où il serait contraint, s'il consultait le talent et la capacité de l'administrateur auquel il écrit, se borne à indiquer, sur sa minute, que la lettre s'adresse à un sous-préfet ou à un préfet, et l'expéditionnaire moule à ces administrateurs la considération n°. 1 ou n°. 2 de l'invariable protocole.

A la longue, ces formules sont considérées, par la personne à laquelle

écrit le ministre, comme une marque
distinctive des fonctions. Ainsi, le receveur-général que le ministre saluerait
de la formule qui appartient au receveur d'arrondissement, concevrait des
craintes sérieuses d'intérêt ou de vanité.
Cela occasione fréquemment de gro-
tesques débats. — J'ai été témoin de
quelques-uns, que le chantre du Lu-
trin aurait immortalisés.

Un expéditionnaire avait salué un
préfet avec de la considération simple,
au lieu de considération *parfaite*, ou
tout bonnement, il s'était trompé de
ligne en consultant le protocole. C'é-
tait une faute, mais une faute excu-
sable,

Ignoscenda quidem scirent si ignoscere manes!

Le préfet, fonctionnaire très-indé-
pendant, et surtout très-susceptible,

chercha une prompte et immédiate vengeance dans l'omission obstinée du mot
Monseigneur aux nombreuses lettres
qu'il écrivait à Son Excellence. Elle le
remarqua à son tour, et, piquée de cette
affectation qui commençait à faire scan-
dale dans les bureaux, elle écrivit au
préfet la lettre que voici :

« Monsieur le préfet,

» J'attache personnellement assez
» peu d'importance aux titres et aux
» distinctions; mais je ne puis impo-
» ser la même indifférence à des suc-
» cesseurs auxquels je dois conserver
» intacts les priviléges d'autorité et ceux
» mêmes d'amour-propre. Votre cor-
» respondance leur supprime une épi-
» thète que l'usage a consacrée. Je
» me serais certainement abstenu de
» vous entretenir de cette omission,

» si elle n'avait été remarquée que par
» moi.

» J'ai l'honneur d'être avec la plus
» *parfaite* considération,

» Votre très-humble et très-obéis-
» sant serviteur. »

Le préfet répondit immédiatement :

« Monseigneur,

» J'attache personnellement assez
» peu d'importance aux titres et aux
» distinctions ; mais je ne puis imposer
» la même indifférence à des succes-
» seurs auxquels je dois conserver in-
» tacts les priviléges d'autorité et ceux
» mêmes d'amour-propre. Votre lettre
» du 25 mars dernier leur supprime
» une épithète que l'usage a consacrée.
» Je me serais certainement abstenu de
» vous entretenir de cette omission, si

» elle n'avait été remarquée que par
» moi.

   » J'ai l'honneur d'être avec respect,

      » Monseigneur,

         » De votre excellence,

            » Le très-humble et très-
            » obéissant serviteur. »

A cette cavalière réponse, était jointe, en original, la lettre du 25 mars, où le mot *parfaite* n'escortait point celui de considération. On tança le pauvre expéditionnaire, et l'ordre fut donné de collationner très-rigoureusement les saluts de protocole.

On s'imagine que nous sommes toujours occupés de graves affaires. Vous voyez que nous avons du loisir à donner aux bagatelles. Rappelez-vous le schisme qu'occasiona jadis la prononciation du mot latin *quanquam*. Certain jésuite s'avisa de proclamer en chaire, qu'il fallait prononcer *kan-kan*; plusieurs colléges adoptèrent cette prononciation, contre laquelle la Sorbonne s'éleva de toutes ses forces; la querelle menaça de soulever la France entière, et depuis, les *kans-kans* sont demeurés célèbres. Quand la Sorbonne se livre à des disputes de prononciation, les ministres peuvent bien se permettre des disputes de mots.

Lorsque vous recevrez une lettre de ministre, je vous défends de dire : *Le ministre* m'a écrit une lettre fort honnête. Vous direz dorénavant : *Le protocole* m'a écrit une lettre fort honnête.

Il existe une autre espèce de protocole bien différent de celui que je viens de vous définir. Ce protocole a pour objet de régir, par un moyen simple et uniforme, une disposition quelconque

dont l'exécution est confiée aux sous-
agens. Quand une mesure est ordon-
née par un ministre, et que dans sa
généralité elle s'applique à tout le
royaume, vous concevez qu'elle peut
présenter sur plusieurs points des rési_
stances ou des succès divers. Les résistances exigent des incitations, comme
les succès méritent des complimens.
Après quelque temps d'expérience, un
commis est chargé de mettre en catégories les résistances, et de classer les
succès. Selon l'esprit d'analyse dont le
travail et la nature l'ont doué, il compte
sept ou huit espèces de résistances, et
trois ou quatre genres de succès. Il dresse
alors huit lettres qui s'appliquent aux
résistances, et quatre lettres qui vont à
la mesure des succès. On en soumet les
projets à Son Excellence, qui les approuve, et ils sont envoyés à l'imprimerie.

Dès ce moment la correspondance

ministérielle est faite d'avance. Un préfet rencontre-t-il un obstacle, croit-il
avoir découvert un cas imprévu, une
question *spéciale*, selon l'expression
qui a fait fortune? le commis saisit
hardiment un des huit numéros du
protocole des résistances, et il l'applique au préfet, en remplissant les blancs
destinés aux noms et aux dates. Un
autre préfet a-t-il habilement triom-
phé de la mauvaise volonté, de la
fraude ou de la malveillance? un des
quatre numéros du protocole des succès est adressé au premier magistrat du
département.

Vous voyez combien cette espèce de
protocole rend la besogne simple et
facile. Sur ces nombreuses lettres d'administrateurs qui consultent, doutent,
discutent, se plaignent ou font des
remontrances, le ministre et ses directeurs n'ont plus qu'à inscrire ces mots :

Protocole n°. 1 , *Protocole* n°. 2 ,
n°. 3, etc. , et cette partie de l'administration de la France va comme sur
des roulettes. Ce système de gestion
présente quelque analogie avec la force
motrice que nous tirons de la vapeur.
Il a bien quelque avantage en ce qu'il
contribue à ramener à l'état uniforme
la *matière administrée* (passez-moi ce
néologisme ; on a bien osé dire la *matière électorale*) ; mais on en fait souvent de très-fausses applications. D'a-
bord , parce qu'il n'est pas donné ,
même aux esprits les plus perspicaces,
de deviner toutes les résistances ; ensuite parce qu'un événement quelconque peut venir perturber les plus sages
prévisions. Il arrive donc souvent que
ces protocoles que le commis fait entrer à coups de marteau dans les portefeuilles , vont fort mal à la taille de
tel ou tel préfet. Enfin , après six mois

2 *

d'application, ce ne sont plus que de grossiers contre-sens qui, rapprochés de la correspondance à laquelle on les oppose, rappellent assez fidèlement le jeu des *coqs à l'âne*.

Ce genre de protocole a, dans l'administration, une sœur extrêmement féconde qui envahit tous les bureaux de France, et encombre les cartons : c'est la *circulaire*. Son nom exprime assez bien qu'elle est appelée à faire le tour du royaume; elle est l'idole du commis ministériel et l'effroi des commis départementaux. La circulaire prend naissance dans les projets de lois; on la voit germer, se développer et fleurir dans le vaste champ des instructions et des règlemens; quelquefois elle pousse spontanément dans la tête de certains commis qui se plaisent à attirer au centre tout le papier de la province. La circulaire est nécessaire pour mettre en mouvement une mesure générale; mais elle est, par-delà, une cause très-active de désordre et de confusion. Voici dans quelle circonstance elle produit ce déplorable effet.

Le ministre a pris une décision qui régit un point d'administration quelconque. Cette décision est notifiée et développée aux divers agens de départemens par une première circulaire. Rien de mieux; mais l'exécution se heurte en peu de temps à certaines localités tel paragraphe qui a paru raisonnable à Paris, est une sottise à Perpignan; tel autre qui semblait excellent dans la rue Neuve-des-Petits-Champs, est inexécutable à Marseille. Voilà les agens des Pyrénées-Orientales et ceux des Bouches-du-Rhône qui se hâtent d'écrire qu'il y a impossibilité, et qui le prouvent. Cinq ou six lettres sembla-

bles provoquent une nouvelle circulaire qui ira à merveille dans les Bouches-du-Rhône et dans les Pyrénées-
Orientales, mais qui bouleversera le
commencement d'exécution qu'on avait
obtenu dans le Finistère et dans les
Vosges; nouvelles réclamations, nouvelle circulaire. En moins de trois mois
on en voit éclore vingt sur la même
matière, qui, se joignant à une foule de
solutions particulières, forment tout
un corps de jurisprudence et de pro-
cédure que les Barthole et les Cujas du
ministère sont chargés de commenter.
Les préfets, les sous-préfets et les
maires, embarrassés dans cette multitude de lisières administratives, n'osent
plus bouger sans pousser une question
qui risque d'engendrer encore une autre circulaire; de telle sorte que les
circulaires donnant naissance à des
questions, et les questions à des circu-

laires, le ministère et ses agens tour-
nent dans un labyrinthe tout semblable à celui où s'égara Thésée, à cette
exception près, qu'ils ne trouvent point
d'Ariane pour les en tirer.

Toutefois un directeur, père de vingt
circulaires, en retire une foule de pa-
ragraphes, dont s'enorgueillit son éru-
dition administrative. Tout cela, comme vous le pensez bien, étant plein
de contradictions et d'obscurités, forme
dans sa tête un mélange d'où s'échappe
difficilement la lumière; mais, comme
il est le créateur de ce fatras de chapi-
tres, de sections et d'articles, il ne perd
pas une seule occasion d'en citer des
passages au ministre qui les a signés de
confiance; et quand il arrive à celui-ci
de demander quelque chose de raisonnable, le directeur ou le chef de bureau
rencontrent toujours quelque vieille et
savante circulaire qui s'oppose au vœu

de Son Excellence. Ils s'escriment, dans de longs rapports, à lui démontrer qu'une circulaire, écrite à telle époque, a consacré des principes sur lesquels il est difficile de revenir. En un mot, ils lui prouvent laborieusement qu'il ne peut marcher, parce qu'ils lui ont lié les jambes.

La circulaire est une maladie organique de l'administration. Il n'y a guère de commis à dix-huit cents francs qui ne soit auteur d'une douzaine de circulaires. On en forme des volumes qui font bibliothèque; on les broche pour le sous-chef, on les cartonne pour le chef de bureau, et on les dore sur tranche pour Son Excellence. Plus le recueil s'accroît, plus la marche de l'administration s'alourdit et s'entrave. Y cherchez-vous une solution sur un point quelconque? Il y a autant à parier pour la réponse affirmative que pour la ré-

ponse négative ; aussi, la correspondance se ressent-elle de cette espèce de
vague qui naît de tant de décisions diverses ; plus elle cherche de points d'appui dans cette multitude de documens,
plus elle devient obscure. Dans un temps
où l'on était moins prodigue de circulaires, un préfet écrivait au ministre de
l'intérieur :

« Monseigneur,

» Je prie Votre Excellence de vouloir
» bien me faire savoir si le paragraphe
» 3 de la circulaire n°. 7, n'est pas im-
» plicitement annulé par le paragra-
» phe 9 de la circulaire n°. 20? Je
» serais porté à le croire, si je m'en
» rapportais au paragraphe 15 de la
» circulaire n°. 24; mais la circulaire
» n°. 25, qui a suivi immédiatement
» cette dernière, contient, au paragra-
» phe 13, une disposition qui pourrait

» donner à penser que le paragraphe 3
» de la circulaire n°. 7, doit continuer
» à recevoir son exécution. »

Une question aussi lucide exigeait
une réponse claire, voici celle que reçut
le préfet :

« Monsieur le préfet,

» La question que contient la lettre
» que vous m'avez fait l'honneur de
» m'écrire est suffisamment résolue par
» l'article 7 de l'instruction n° 4; mais,
» s'il vous restait quelques doutes, je
» vous engagerais à reporter votre atten-
» tion sur le paragraphe 9 de la circu-
» laire n° 17, lequel étant combiné avec
» le paragraphe 16 de la circulaire n° 12,
» postérieure de quinze jours à la cir-
» culaire n° 7 que vous citez, ne laisse
» subsister aucune équivoque. Veuillez
» bien écrire dans ce sens à MM. les
» sous-préfets et maires. »

Je doute fort que les sous-préfets et les maires, auxquels le préfet aura écrit *dans ce sens*, aient compris de quelle manière ils devaient agir.

Quand l'administration est arrivée à ce point, elle apparaît aux admini-strés telle que le sphynx, ayant la tête et les mains d'une fille, le corps d'un chien, la queue d'un dragon, pro-posant aux passans ses barbares énig-mes; car vous vous rappelez que le sphynx mettait en pièces quiconque ne les devinait pas. Il rencontra du moins un OEdipe; mais cette trouvaille reste à faire à l'obscurité des circulaires ministérielles.

La conception d'une circulaire, sa rédaction, son approbation, son im-pression et son départ, sont accompa-nés de détails que l'observation ne doit pas dédaigner.

C'est ordinairement de la tête du

chef de bureau que s'échappe la circulaire, comme jadis Minerve sortit
toute armée du cerveau de Jupiter; ce
grave administrateur est tout à coup
frappé d'une pensée qui ne saurait trop
promptement être répandue dans toute
la France. Il se met à la besogne. Les
lettres à la main souffrent une certaine
négligence, un abandon qui autorisent
l'emploi du style familier ; mais il est
reconnu que la circulaire imprimée
commande de la dignité, de l'élévation,
et doit aspirer au sublime du style.
Rarement le rédacteur croirait sa circulaire parfaite, s'il ne la terminait par
quelque phrase grotesquement horta-
toire ou comminatoire. La plus ordinaire est celle-ci :

« Je ne doute pas, Monsieur, que
» vous ne fassiez tout ce qui dépend
» de vous pour assurer, en ce qui vous
» concerne, l'exécution des disposition

» de cette lettre, et que vous n'y trou-
» viez l'occasion de donner de nouvelles
» preuves de votre zèle et de votre dé-
» vouement. »

Je ne sais à qui appartient l'honneur
de cette longue phrase ; mais aucune
n'a jamais, autant que celle-là, fait
gémir la presse et noircir le papier ;
elle est immuable, consacrée. Elle doit
seule consommer un quart des chapi-
tres alloués au budget pour *frais d'im-
pression*. Si j'avais l'honneur d'être
député, j'en demanderais la suppres-
sion, comme une importante économie : je suis persuadé qu'elle coûte
annuellement aux peuples cinquante
mille francs ; plus que quatre conseillers
d'état.

Quand le chef de bureau a enfanté
sa circulaire et qu'il en est délivré, il la
soumet à Son Excellence par un rapport qui conclut à l'impression d'un

millier d'exemplaires; on n'en tire guère plus des bons ouvrages. Le ministre
approuve, et le chef-d'œuvre est envoyé
à l'imprimerie royale.

Vous avez quelquefois rencontré,
dans la direction de la Vieille-rue-du-
Temple au pont Royal, une voiture
oblongue, attelée d'une paire de chevaux vigoureux? Le train de l'arrière
forme comme une petite maison qui a
ses chambres et ses chambrettes; les
train de l'avant porte un siége couvert
où se tiennent le cocher et un hommes
de peine. Cette voiture est celle que
l'imprimerie royale a affectée au trans-
port des circulaires ministerielles. La
petite maison qu'elle traîne s'emplit
tous les jours des circulaires que la
veille a fait éclore. Quand la voiture se
dirige vers la rive gauche de la Seine
les deux chevaux tirent de toute la force
de leur poitrail; les pauvres bêtes font

des efforts de muscles extraordinaires;
on sent qu'ils sont attelés au style des
chefs de bureau ; mais lorsque la voiture reprend sa direction vers la rive
droite, les deux coursiers allégés lèvent
la tête et prennent le trot. On devine
qu'ils ont exécuté la circulaire , *en ce
qui les concerne.*

Cependant les mille exemplaires sont
péniblement portés dans le cabinet de
l'auteur, qui, d'un coup de sonnette
énergique, appelle le commis d'ordre.
A l'instant même , la circulaire est par-
tagée entre une trentaine d'employés :
on ploie, on met des adresses ; un
garçon de bureau épuise les pains à
cacheter ; un autre y imprime le sceau
ministériel. Tous ces paquets, précipi-
tés pêle-mêle dans de vastes paniers
d'osier, sont portés à la grande poste,
où ils sont livrés aux mains des commis de M. le marquis de Vaulchier.

Peu de temps après, la circulaire du
chef de bureau brûle toutes les routes
de France, en attendant qu'elle en-
flamme le zèle et le dévouement des
mille agens qui vont la recevoir. Vous
avez vu les effets qu'elle produit, les
doutes, les discussions et l'interminable
correspondance qu'elle fait naître; jugez-
en à la longueur de cette lettre que la
vertu du sujet a frappée de proxilité.

DOUZIEME LETTRE

A MADAME....

Ce que c'est qu'une pancarte. — Songes administratifs. —
Pancarte qui a vu sept ministères. — Matériaux pour écrire
l'histoire. — Revue de six pancartes. — Celle d'un ministre. — D'un directeur. — D'un chef de bureau. — D'un
sous-chef. — D'un rédacteur. — D'un vieil expéditionnaire.
— La manie des croix.

Je vous ai déjà fait connaître, dans
le petit cours d'administration que nous
avons entrepris, des choses curieuses
et des physionomies originales. Les ministères, les directions et leurs bureaux
étaient naguère pour vous un pays in-
connu, sur lequel vous aviez beaucoup

d'idées romantiques : vous ne les aper-
ceviez qu'à travers des nuages. Conso-
lez-vous : les bureaux eux-mêmes ne
voient pas toujours les affaires très-
nettement, et malgré tout le soin qu'un
administrateur apporte à braquer sa
lunette sur le véritable point de vue,
il arrive souvent que de confuses vapeurs, d'épais brouillards, obscurcis-
sent sa lentille, et l'exposent à des er-
reurs d'observation. L'administration a
cela de commun avec l'astronomie.

Vous n'avez encore reconnu que les
lieux et les personnes. Nous aurons à
mettre tout ce monde-là en mouvement. C'est peu de vous avoir expli-
qué, pièce à pièce, les rouages de la
machine : il faudra les faire travailler.
Vous verrez arriver les dépêches au secrétariat général; sans être indiscrets,
nous les ouvrirons; nous les diviserons
en dépêches importantes, et en dépê-

ches courantes; nous placerons sous les yeux du ministre celles qui sont dignes de cet honneur; il en annotera quelques-unes de sa main. Nous répartirons les autres entre les directeurs; nous les ferons arriver aux mains des chefs de bureaux, puis tomber dans celles des commis-rédacteurs. Vous apprendrez par combien de degrés d'épuration doit passer la rédaction pour arriver claire et limpide à la signature de Son Excellence; vous saurez combien d'ouvriers sont employés à un rapport; vous connaîtrez la variété des travaux d'exécution qui en suivent l'approbation, et comment, échappées du ministère, les décisions prises vont atteindre le préfet, le sous-préfet et la commune.

Cette tâche est plus grande que celle que nous avons accomplie. Nous y trouverons peut-être moins d'agrément, mais nous en retirerons plus d'utilité.

Ce sera notre *paulò majora canamus*. Comme par le passé, nous serons gais et inoffensifs.

Avant de nous lancer dans cette vaste carrière, je veux encore une fois vous faire parcourir les bureaux. Savez-vous ce que nous y passerons en revue? Les pancartes. C'est une inspection fort amusante, et qui livre souvent à l'observateur le secret des pensées, des intérêts qui occupent les bureaucrates.

Mais d'abord, savez-vous ce que c'est qu'une pancarte? On appelle de ce nom cinq à six feuilles de papier grand aigle, d'une pâte commune, d'un œil gris ou jaune, formant une sorte de cahier que l'on applique sur le bureau pour préserver les manches de l'écrivain, du frottement destructeur qu'elles éprouveraient sur le bois ou le cuir de la table.

Lorsque, placée devant votre secré-

taire d'acajou, vous méditez au billet
que vous allez écrire ; ou que, songeant
à des intérêts qui vous sont chers, vous
promenez vos pensées et vos calculs sur
des projets déjà nés ou à naître, n'é-
prouvez-vous pas le besoin d'en tracer
des ébauches qui parlent à vos yeux et
soulagent votre imagination ? Votre
plume s'empare alors du premier morceau de papier qu'elle rencontre, et là
vous préludez en phrases imparfaites,
en expressions isolées, en signes abré-
viatifs, à l'exécution du plan dont vous
êtes préoccupée. Ce petit morceau de
papier, pris à l'aventure, remplace chez
vous la pancarte inamovible du directeur, du chef et du commis.

Dans les bureaux, ils sont innombrables les momens de loisir où le rapport languit, où la circulaire ne donne
point ; momens heureux où le garçon
de bureau n'a point à renouveler la li-

queur noirâtre des encriers , où la
grande majorité des plumes laisse en
paix le préfet, le receveur, l'intendant
et le général. Dans ces intervalles d'une
molle et douce oisiveté, tout repose;
les appointemens seuls continuent à
courir.

L'essaim des songes administratifs
ou privés assiége alors le fonctionnaire,
et chaque pancarte en reçoit de capri-
cieuses images. On y grave, sous mille
formes , l'expression vague de ses
craintes, de ses désirs et de ses espérances. L'un y traduit sa pensée indo-
lente en une suite de dessins qui ne
méritent point les honneurs du Louvre,
mais qui trahissent un vœu, une émo-
tion , quelquefois une épigramme. L'autre, pour qui le langage des chiffres est
plus éloquent, additionne ses misères
près des richesses d'un chapitre du budget; mille vaines tentatives y laissent

toujours paraître un déficit. Un troisième enfin, malhabile à faire taire ses
ressentimens contre le despotisme d'un
chef, trace une foule d'épithètes ven-
geresses, auxquelles il ne manque qu'un
nom propre, que la maligne notoriété
saura remplir.

Quand ces signes hyérogliphiques
de la pensée secrète des employés ont
noirci, dans leur abondance, la première page de la pancarte, on la re-
tourne, et la feuille blanche offre une
nouvelle carrière aux plumes rêveuses.
Ces pancartes contiennent ordinairement six feuilles ou vingt-quatre pages.
Il faut avoir bien des pensées secrètes
pour remplir en un an une seule de
ces vingt-quatre pages. Vous voyez que
beaucoup de ces petits cahiers sont plus
durables que les emplois; il est un grand
nombre de pancartes qui ont plus de
vingt-quatre ans de service. Quel fonc-

tionnaire peut se flatter d'en compter
autant ?

Je puis vous donner l'assurance que
la première feuille de ma pancarte a vu
sept ministères. J'y inscrivais soigneusement les dates des ordonnances de no-
minations. Je contemplais avec mélan-
colie son inamovibilité au milieu de tant
d'illustres chutes. Cela élevait mes idées
à des considérations philosophiques ; je
me disais : Une feuille de papier a donc
moins d'instabilité qu'un ministre ; elle
est plus solide et demeure plus long-
temps en place? Pourtant je soufflais
dessus et je la voyais mobile et prête à
m'échapper.

Un grand écrivain qui concevrait le
projet de publier la changeante histoire
des ministères, irait sans doute à la recherche d'une foule de mémoires secrets ; il tâcherait de surprendre, dans
les entretiens des grands , les causes

mystérieuses des variations de systèmes;
il fouillerait les archives et ferait le sac
des cartons. Moi, humble et observateur,
je demanderais qu'on me livrât les pancartes. Je m'entourerais de celles qui
ont couru sur les bureaux depuis 1790
jusqu'à nos jours. Il y a là plus de véritable histoire que dans les mille volumes
que ce mémorable intervalle nous fournit tous les ans.

Ma prévoyance est grande : je n'ai
point, comme quelques congédiés, emporté du ministère, de la fortune, des
titres et des pensions ; moins encore, à
l'exemple du plus grand nombre, du
dépit, du mécontentement et des regrets.
J'ai emporté des pancartes. Au ministre
qui m'immolait, je n'ai point demandé
de gratification ; je me suis adressé au
garçon de bureau qui m'a permis, pour
indemnité, d'emporter six pancartes.

Examinez-les avec moi.

Voici celle d'un ministre qui a duré six mois. Le calcul que nous remarquons à l'angle gauche de la pancarte se rapporte à la majorité qu'il cherchait. Remarquez combien de fois il a soustrait le nombre 176 du chiffre 354. Le chiffre 354 est évidemment l'effectif de la chambre au moment où il écrivait ; le nombre 176 représente l'opposition qu'il redoutait. Il n'avait que deux voix en sa faveur ; tantôt il soustrait 175, puis 174. Deux noms propres se trouvent à côté de ces soustractions, et indiquent des convictions non encore formées, qu'on espérait convertir au système. Vains efforts! L'angle de cette pancarte pronostiquait un changement, et il a eu lieu.

Connaissez-vous ce nom écrit en grosses majuscules, au bout du milieu de la pancarte? — C'est celui d'un parent de Madame ; depuis trois mois elle sol_

icitait une préfecture pour ce protégé.
Le ministre traitait sa femme comme la
foule des solliciteurs : il lui faisait des
promesses. Madame a pris le parti d'inscrire là, avec dépit, le nom du parent
et la date de cette délicate agression à
a mémoire de son mari. Ouvrez le bul-
etin des lois du lendemain ; vous y trouverez la nomination de cet heureux
cousin.

Déployez la pancarte qui sert quelquefois de portefeuille secret : on a cou-
ume de cacher dans ses plis des papiers
que, bien à tort, on croit là en sûreté. En
voici un dont le contenu doit vous être
connu? — C'est un discours énergique,
éloquent et plein de raison, dont la
tribune a retenti. — Il doit être de la
main du ministre? — Point : c'est l'é-
criture d'un pauvre diable de rédacteur,
qui avait dix-huit cents francs et du ta-
ent, et que le ministre nouveau-venu

3 *

n'a pu comprendre dans l'organisation pour raison d'économie. Vous voudriez que je vous donnasse l'explication de toutes ces notes diverses, de ces autres chiffres et de cette multitude de noms, dont la pancarte est chargée? Je ne le puis..... Passons à la pancarte du directeur.

Qu'est-ce donc que ces trois nombres additionnés? — Ce sont les émolumens attachés aux trois emplois qu'occupe le directeur. Quelques efforts qu'il fasse, ils ne donnent toujours que le même total, 25,985 francs. — Etait-ce pour essayer sa plume qu'il écrivait partout *conseil d'état, conseil d'état, conseil d'état?*..... Ce n'était point pour essayer sa plume qui fatiguait fort peu, je vous assure. Remarquez qu'il écrivait non moins souvent, *service ordinaire, service ordinaire.* Tournez la pancarte regardez à droite, à gauche, vous ne rencontrerez que ces mots : *conseil d'état, service ordinaire*. Ce directeur était tourmenté de l'ambition d'entrer au conseil d'état; c'était sa marotte. Il en était poursuivi comme d'une idée fixe, et là même où il devait signer son nom, il lui arrivait quelquefois d'écrire *conseil d'état*. Beaucoup de solliciteurs ont reçu de lui des lettres, qui se terminaient ainsi : « J'ai l'honneur d'être, » Monsieur, votre très-humble et très-» obéissant serviteur , *conseil d'état*.

Voici la pancarte d'un chef de bureau que j'ai beaucoup connu. C'était un garçon de bonne humeur, très-rond, ayant une bedaine de directeur. Il avait la passion d'obliger, de rendre service. On se plaint du grand nombre des pétitionnaires. Sa philantropie trouvait qu'on n'en comptait jamais assez. — Qu'est-ce que toutes ces dates-là, lundi 4, mardi 5, mercredi 6, jeudi 7? Il co-

piait donc le calendrier, pas un jour de
la semaine n'est oublié? — Ce sont des
invitations à dîner. Les adresses que
vous voyez au bout des dates indiquent
assez qu'il s'agissait de politesses qu'on
lui faisait, et dont il ne pouvait se débarrasser qu'en les acceptant. Ce chef
de bureau était ce qu'on appelle com-
munément *un bon enfant*. Il savait par
cœur certains chansonniers modernes et
chantait comme eux pour tout le monde; du reste fort exact à ses devoirs :
à table comme au bureau, ses moindres
séances étaient de sept heures. — Ce
digne chef m'intéresse; qu'est-il devenu ? — Il est mort d'indigestion.

Ce gros cahier est la pancarte d'un
très-ancien sous-chef qui s'est retiré en
1818 avec le maximum de la retraite;
il comptait plus de trente ans de service, ayant fait ses premières armes à
Versailles, sous le ministère de M. Nec-

ker. Toutes les révolutions avaient passé sur sa tête sans l'effleurer. Jamais il ne s'était occupé de questions politiques. Sa vocation l'avait appelé à devenir un excellent constructeur. Il la manqua ; mais tous les loisirs que lui laissait l'administration étaient consacrés à étudier les différens traités des plus célèbres architectes. Entre une lettre à un préfet et un rapport au ministre, il lisait les *cinq ordres d'architecture* de M. Perrault ; il entremêlait aux audiences l'étude du fameux *Traité de la coupe des pierres* du P. Dairan, commenté par M. la Rue ; il arrivait au bureau lisant le long du chemin, au risque de donner du nez dans les voitures, l'ouvrage *De la Distribution des Édifices*, par Jean-François Blondel, et portait pour canne cette partie de toise dont sont ordinairement armés les architectes.

Voyez sa pancarte : c'est la même qu'il fit en 1790, et dont il a usé jusqu'au moment de sa retraite. Ce plan, tracé à la première page, est celui qu'il proposa pour l'hôtel du ministère quand les bureaux furent transférés à Paris. Le devis est à côté : le bâtiment, fait à neuf, devait coûter, selon lui, huit cent mille francs. On a préféré construire selon les besoins, les circonstances, et surtout selon le caprice des divers ministres qui se sont succédé. Les plans que vous apercevez aux autres pages de la pancarte sont ceux des changemens que chaque Excellence a fait subir au bâtiment. Soixante et douze ministres ont bouleversé soixante et douze fois la distribution de leurs prédécesseurs, et ces calculs, que le sous-chef a inscrits à côté de chaque plan nouveau, sont les totaux de la dépense payée pour les travaux de simple maçonnerie. En voici la récapi-

tulation soigneusement faite par le sous-
chef, à la septième page de sa pancarte :
elle s'élève à trois millions cinq cent
mille francs, auxquels, depuis 1790, il
s'est complu à ajouter les intérêts com-
posés qui portent la dépense générale à
cinq millions sept cent mille francs. Il
va encore, disant partout, que si l'on
avait suivi son plan de 1790, il aurait
procuré au gouvernement une économie
de trois millions sept cent mille francs.
Toutefois j'étais devenu un peu incré-
dule sur ses talens en architecture. Il
avait recueilli un modeste héritage, et
s'était avisé de faire bâtir une petite
maison de campagne qu'il assurait être
un modèle de distribution et d'ordonnance, admirable par les divers ordres,
la perfection des ornemens et la beauté
des façades. J'y allai dîner un jour de
congé ; une averse tomba pendant que

nous étions à table, et, bien qu'étant dans la salle à manger, nous la reçûmes comme si nous étions en rase campagne. Sa délicieuse maisonnette, devant laquelle Vitruve serait demeuré en extase, faisait eau de toute part.

Cette cinquième pancarte est celle d'un malin rédacteur qui avait du goût pour le dessin. Observez les six têtes qu'il a esquissées sur cette feuille. Malgré le *haché* de la plume, et la grossièreté du trait, vous devinez que ces physionomies-là ne sont point des figures de fantaisie, mais bien de véritables portraits. En effet, ce sont six chefs de division du ministère de ce temps-là. Voyez quelle docilité dans le regard, quelle soumission dans l'inclinaison des têtes! Le rédacteur les a représentés en présence du ministre. Tournez la pancarte. — Eh! mais ce

sont les mêmes figures ? — Sans doute.
Que remarquez-vous dans leur expression ? — Dieu ! quelle attitude fière,
quel air impérieux et hautain ! — Ils
donnent des ordres aux commis.

Pourriez-vous me dire quels sont
ces noms si bien écrits et accompagnés
de quatre et cinq chiffres ? — C'est la
table statistique de la capacité des employés du ministère. Le rédacteur l'a
simplement formée des noms et des
appointemens de chacun. — Cela n'exprime pas les capacités ? — Pardonnez-
moi, il ne faut qu'avoir la clef. — Quel
signe indique donc la plus grande capacité ? — Le plus petit chiffre.

Quelle est cette pancarte que vous
avez gardée pour la dernière ? — Celle-
ci est plus curieuse que vous ne pensez.
Elle a appartenu à un vieil expéditionnaire qui, sous une enveloppe grossiè-

re, un air commun, ne laissait pas
d'avoir de l'instruction et une tournure
d'esprit très-philosophique. Il comptait
aussi d'anciens services et n'avait jamais
voulu, quoique fort capable de mieux
faire, s'employer à autre chose qu'à
copier ce que rédigeaient les chefs. De
toute la séance, il ne soufflait pas mot;
mais, en copiant, il lui échappait souvent un rire sardonique qui ne se ma-
nifestait que par une légère extension
de l'angle de la lèvre; puis il faisait sur
sa pancarte une des croix que vous
voyez-là. — Comment, mais toute cette
première page est couverte de croix?
— Sans doute; voyez la seconde. —
Encore des croix? — Tournez, et observez la troisième? — Toujours des
croix? — Voici le mot de l'énigme:
chaque page est consacrée à un ministère. Tant que durait celui-là, le vieil

expéditionnaire notait soigneusement,
par une croix tracée sur la même page,
la décision contradictoire qu'on donnait
sur une même question. Le ministre
venait-il à changer ? Il ouvrait aux contradictions un nouveau compte, et vous
voyez qu'il en a tenu jusqu'à vingt-
quatre. Pendant vingt ans, cette manie
des croix l'a fait passer dans le ministère pour un garçon extrêmement pieux.
Je crois qu'il l'était en effet ; mais son
aptitude spéciale était de mettre le
doigt sur les contradictions qu'il obser-
vait en silence avec une évidente satisfaction ; la contradiction eût-elle été
grosse comme une montagne, jamais
le vieil expéditionnaire ne se serait avisé
d'aller la signaler à l'auteur. Il riait ;
voilà tout le prix qu'il retirait de sa
sagacité.

Vous pouvez remarquer, dans les

croix, quelques nuances qu'expriment la grosseur ou le délié du trait. Je crois qu'il distinguait ainsi les grosses contradictions, des contradictions plus petites. Quand la croix est énorme, cela vous indique qu'on avait décidé le lendemain absolument le contraire de ce qu'on avait décidé la veille. Cette pancarte donne une idée très-précise du mérite de chacun des ministres, dont vous voudriez bien que je vous fisse connaître les noms! Vous ne les saurez pas. Qu'il vous suffise d'apprendre que celui pour lequel s'est emplie la 7e. page a été le plus capable : elle ne contient que cinq cents croix.

Je ne vous traduis de mes pancartes que les choses qui peuvent se dire; elles sont bien plus élémentaires pour moi que pour tous les autres yeux; mais vous voyez avec quel soin je les conserve : elles rempliront un jour leurs hautes destinées. Souffrez que je les remette où je les ai prises, dans ce vaste carton que j'ai étiqueté : *maté-riaux pour l'histoire.*

TREIZIÈME LETTRE

A MADAME.....

*Nouvelle espèce d'égoïsme. — Singulière tendresse. — Népo-
tisme. — Il envahit les colonnes officielles du Moniteur. —
Traité d'assurances mutuelles entre les parens. — Tontine
de protection. — Tarif de ce que valent un gendre, un neveu, etc. — Engeance des cousins. — Ce qu'ils coûtent au
budget. — Dupré de Surêne. — Dupré d'Asnières. — Dupré d'Auteuil. — Dupré de Chaillot. — Histoire du frère
administrateur et du frère purificateur. — Ministre prévoyant. — Ministre à vue courte. — Je suis l'homme de
confiance de Son Excellence. — Et moi je suis son cousin.
Serrez les rangs. — Les trois frères d'Auvergne.*

Je vous ai dit, dans ma dernière
lettre, que nous nous mettrions très-
incessamment au travail, que nous

emplirions les porte-feuilles, et qu'admis dans le cabinet du ministre, nous irions discuter des rapports et arracher des signatures; mais, dans l'intervalle d'une lettre à l'autre, une foule de souvenirs et d'observations viennent assiéger ma mémoire, et me signaler des lacunes dans les notions générales que je vous ai données.

Il est impossible que je passe outre sans vous entretenir d'une nouvelle espèce d'égoïsme auquel ont donné naissance les mœurs administratives, égoïsme que les moralistes n'avaient point encore connu, et qu'ils n'ont pu caractériser.

Cette puissance d'intérêt personnel qui fait qu'en toutes choses on pense d'abord à soi, a trouvé à se développer au sein de l'administration. Le hasard ou la faveur vous ont-ils mis en possession d'un emploi? A peine vous avez

signé deux fois les états d'appointement,
que vous jetez tendrement les yeux autour de vos parens pour voir si quelque
membre de la petite famille ne pourrait
pas être admis à prendre sa part du
budget de l'état. C'est en effet un moyen
de doubler, de tripler le revenu que
vous y prélevez. Le bugdet vous fait dix
mille francs de rente, c'est fort joli;
mais vous avez un frère qui est dispo-
nible; qui, comme vous, est présentable, et ne recevrait pas avec moins de
grâce dix mille francs de traitement.
Vous avez un père qui a occupé des emplois avant ou pendant la révolution;
un oncle, un cousin qui viennent souvent dîner chez vous, et vous calculez
que si le frère touchait à votre exemple
dix mille francs, le père mille écus,
l'oncle et le cousin quatre mille francs,
vous exerceriez sur le budget un petit
mouvement d'attraction égal à vingt-

sept mille livres de rente ; la piété fi-
liale, l'amour fraternel, la tendresse
avunculaire et la bienveillance cousi-
nale, dissimulent à vos propres yeux ce
qu'un pareil calcul peut avoir de vénal ;
dès lors tous les impôts, quelque lourds
qu'ils soient, vous semblent justes : les
rigueurs de la contribution foncière
s'évanouissent devant l'enthousiasme de
famille ; l'inhumanité des impôts indirects et la barbarie de l'octroi vous
semblent des mots vides de sens quand
il s'agit des intérêts de votre vieux père,
et de l'ami que la nature vous a donné.

Dans ce délire d'affection pour votre
sang, vous vous mettez en campagne,
et vous êtes sans repos jusqu'à ce que
vous ayez classé tous vos bons parens
dans quelque coin du budget.

Cette tendance des salariés à inter-
caler leur famille dans un chapitre des
dépenses générales de l'état, ne pou-

vait, de nos jours, échapper à l'observateur. Elle méritait de recevoir une
dénomination que l'usage a déjà popu-
larisée, et à laquelle le Dictionnaire de
l'Académie accordera un jour des lettres de naturalisation : on l'appelle *Népotisme*.

Le Moniteur vous a fourni d'illustres
exemples de ce nouveau genre d'égoïsme.
Ses colonnes sont constamment ouvertes
aux invasions du népotisme auquel appartient la nomination d'un grand nombre d'emplois. L'usage a légitimé le droit
d'usurpation de ce monstre, et nous
pourrions compter ici des familles dont
tous les membres, jusqu'aux arrière-
petits-cousins, portent en poche des
brevets qu'ils ne doivent qu'à la consanguinité ministérielle. Cette disposition
des fonctionnaires à placer leurs parens,
a déjà fondé, parmi nous, des aristocra-
ties budgétaires, dont les ramifications

s'étendent à toutes les parties de l'administration. Le même nom de famille se pratique à la fois un vaste gîte dans les finances, dans la guerre, dans la marine, dans l'église, dans le barreau et dans les préfectures. Je vous défie de spéculer, de vous battre, de naviguer, de plaider ou de prier, sans vous heurter à un même nom qui, se subdivisant en frères, en neveux et en cousins, propose la loi comme ministre, en soutient la discussion comme conseiller d'état, la discute et la vote comme député, l'amende comme pair de France, l'exécute comme directeur ou préfet, et n'en est responsable à aucun titre.

Ces conquêtes de la consanguinité pour lesquelles les pères, les oncles, les neveux et les gendres sont aujourd'hui autorisés à s'armer comme jadis on se levait en masse pour occuper la Terre Sainte, mériteraient bien d'être dispu-

tées par un gouvernement vigilant. Bien
que je ne sois pas disposé à faire un
usage immodéré de l'article de la Charte
qui prononce mon admissibilité à tous
les emplois, j'éprouve une sorte de bien-
aise à me savoir cette aptitude, et pense
comme Montaigne qui, sachant de
reste qu'il n'irait jamais à Pékin, se
serait cependant trouvé l'homme du
monde le plus misérable, si une ordonnance royale lui avait interdit cette
résidence. Comment donc voir sans effroi une douzaine de familles, dont
chacune, ayant à sa tête un chef armé
de pied en cap, fait militairement la
guerre aux places, manœuvre dans les
salons, tiraille dans les audiences, et
bat en retraite dans les antichambres?

Vous ne sauriez croire avec quelle
adresse et quelle ténacité l'aristocratie
budgétaire s'attache à la poursuite des
emplois. Dès qu'un chef de famille a

ʲlacé tous les siens dans l'administra-
ion, on passe entre tous les parens un
raité d'assurances mutuelles dont les
ʲonditions sont prévues et réglées d'a-
ʲance comme celles de nos compagnies
ʲontre l'incendie et les ravages de la
ʲrêle. Tous les membres de cette fa-
nille, épars dans les divers domaines
ʲe l'administration, conviennent des
ecours qu'il se prêteront selon la na-
ure de leurs fonctions et le degré de
ʲa parenté. Il est arrêté que les petits
ʲousins feront l'éloge des talens du chef
ʲe famille ; les cousins issus de germains
ʲrôneront son dévouement, et les oncles
ʲla mode de Bretagne, sa probité et sa
ʲélicatesse. Celui-ci leur rend la mon-
ʲaie de cet encens en lettres de recom-
ʲnandation et en demandes d'avan-
ʲement. Il est d'obligation que, dès
ʲue l'un tombe, vite les autres vo-
ent à son secours et le relèvent. Sont-

ils trente ? il y en a toujours vingt-neuf
qui tendent leurs cinquante-huit bras
salariés au parent chancelant, et, bon
gré malgré, le reportent en triomphe
au poste d'où il était débusqué. Il se
forme entre eux un contrat de faveurs
réciproques, une sorte de tontine de
protection. Le chef de famille, semblable au chêne de la forêt, projette au
loin dans le terrain de l'administration
ses nombreuses racines, et, s'il en est
arraché, laisse encore sous le sol de vigoureux rejetons qui défieront la bê-
che de la destitution.

Le népotisme, ainsi converti en système, a disposé ses tarifs et réglé les
degrés de ses droits aux revenus de
l'état. Si vous fréquentiez les salons du
faubourg Saint-Germain, vous y ap-
prendriez, à livres, sous et deniers, ce
que valent un gendre, un neveu, un
oncle et un grand-père; mais ce qui

pullule par-dessus tout, c'est l'engeance
des cousins : il y en a aux douanes, aux
tabacs, aux sels, à la loterie, dans les
jeux et à la police. Les cousins s'introduisent partout; si j'étais ministre des
finances, je n'oserais me faire rendre
compte de ce que les cousins coûtent
au budget.

Vous me disiez un jour, qu'égarée
dans les bureaux, vous n'aviez entendu
que ces mots articulés de cabinet en
cabinet et de porte en porte : *Mon frère! mon oncle! mon neveu! mon cousin!* et vous me demandiez l'explication
de ce phénomène. J'imagine que vous
en apercevez maintenant la cause.

Ces invasions d'emplois par les membres d'une même famille ont produit
un résultat comique, dont il nous est
du moins permis de rire. Beaucoup de
frères, portant le même nom, se sont
fréquemment trouvés confondus, mêlés

dans la notoriété d'hommages et d'honneurs qui escortent leurs places lucratives. Dans cette présence continuelle du même nom à tous les actes du pouvoir, à toutes les solennités et à toutes les récompenses, il arrive à la curiosité publique de commettre les plus grossiers quiproquo; de faire honneur au frère Paul du superbe discours du frère Philippe; et au neveu Jérôme du prudent arrêté de l'oncle Garguille. Les familles budgétaires ont découvert un moyen de remettre l'ordre dans tout cela, et de s'affranchir de cette communauté de biens et de maux : il consiste à ajouter un nom de village au nom souche de famille. Ainsi soit donnée la famille Dupré, dont un frère est directeur, l'autre secrétaire général, un troisième conseiller d'état, et un quatrième receveur des finances; on a Dupré de Surêne, Dupré d'Asnières, Dupré d'Auteuil et Dupré de Chaillot. Voilà comme, en administration, de bonnes têtes évitent le désordre ; c'est sans doute une de celles-là que M. de Villèle aurait souhaitée à la direction des vivres de l'Espagne.

Mais les têtes qui portent panaches sont, comme vous le savez, sujettes à des revers de fortune, et si les frères élevés au pouvoir, partagent quelquefois les honneurs d'un quiproquo, il leur arrive souvent d'avoir à partager les périls de certaines méprises. Telle fut celle dont, en 1815, se chargèrent mes tablettes. Deux frères occupaient dans une même administration, l'un le poste de secrétaire, l'autre celui de directeur général. Le secrétaire général était l'homme modéré, conciliateur, qui jetait au feu les paquets de délations, proclamait hautement qu'on pouvait être bon employé sans dénoncer ses camarades, et

4 *

fidèle sujet sans avoir été à Gand. Le
directeur, au contraire, avait des cartons
toujours ouverts, étiquetés des vingt-
quatre lettres de l'alphabet, pour recevoir et classer les notes anonymes. Il
consultait ces impurs matériaux pour
pratiquer des épurations et des purifications. Au nombre de ses victimes se
trouva un brave et digne fonctionnaire
qui pensa fort à tort que, dans une
pareille confusion, le droit naturel per-
mettait de se faire justice soi-même. Il
arrive à Paris dans cette résolution ;
ignorant que, sous le toit de la même
administration et sous le même nom,
existassent à la fois un frère *administrateur* et un frère *purificateur*. C'est
à ce dernier qu'il en voulait, et son
ressentiment, dédaignant de s'armer
d'une pétition, se pourvoit de ce mâle
rejeton des forêts, avec lequel les cadis
ont coutume de rendre la justice. Quatre

heures sonnent : le frère purificateur
purifiait encore ; hélas ! et le frère administrateur quittait paisiblement les
bureaux, s'applaudissant du bien qu'il
venait de faire, lorsqu'il est abordé par
mon malheureux purifié, qui, d'une main
vigoureuse, acquitte sur ses épaules in-
nocentes la dette de la vengeance, en s'é-
criant, à la manière d'Oreste : *Tiens,
tiens, voilà le prix des épurations !*
Arrêtez ! vous vous méprenez ; je suis
Dupré de Chaillot. C'est mon frère qui
purifie ; c'est moi qui *administre*. Il
n'était plus temps : le népotisme avait
produit son effet.

Des ministres qui exercent envers
leur famille l'industrie du népotisme,
les uns, habiles lecteurs au grand livre
de l'avenir, prévoient les désastres d'une
disgrâce; les autres, confians jusqu'à l'ex-
cès, ne jettent pas les yeux par-delà
le fauteuil où s'asseoit leur rotondité;

ceux-là placent leurs parens à l'exté-
rieur ; ceux-ci à l'intérieur. J'ai connu
un ministre prévoyant, aujourd'hui
disgracié, qui a placé les siens dans des
postes où ils sont invulnérables : il donna
à son frère une ambassade, à son gendre
une recette générale, à son fils aîné une
préfecture, à son fils cadet un consulat,
à son neveu une recette d'arrondissement, à tous ses cousins des perceptions
de commune, et à leurs femmes des
bureaux de papier timbré. Tout cela est
debout, tout cela administre encore, et
gruge annuellement un petit million au
grand râtelier du budget.

Un ministre à vue courte, qui ne
voit pas plus loin que son nez, place
au contraire tous ses parens autour de
lui, il répartit entre ses frères et ses
gendres les quatre directions qui sont
sous sa main ; il fait d'un fils aîné son secrétaire-général, et son secrétaire inti-

me du cadet qu'il faut former. Ses neveux sont nommés chefs de bureaux ;
ses cousins deviennent commis, et ses
petits-cousins expéditionnaires. Rien
n'est plus mal entendu que ce népotisme de concentration. Les chambres
sont convoquées ; il est démontré que
le ministre a perdu la majorité ; une
ordonnance royale le lui prouve , il est
congédié. Qu'arrive-t-il ? Toute cette
famille dont les membres étaient ju-
chés les uns sur les autres, disparaît
du budget comme la décoration qu'en-
lève un coup de sifflet. On a vu un
ministère semblable entièrement dés-
organisé par la retraite du ministre.
Un seul employé qui, pour faire valoir
une ombre de consanguinité avec Son
Excellence, aurait été obligé de remon_
ter jusqu'au père Adam , resta debout
au milieu de tant de ruines. Le successeur tenta bien de le chicaner ; on

commençait à lui trouver des airs de ressemblance avec le ministre déchu; il parvint fort heureusement à justifier, par pièces, qu'il n'était pas de la famille.

Il arrive souvent que le grand nombre des parens d'un ministre est hors de toute proportion avec les prévisions du budget. J'ai vu de ces cas extrêmes où la philosophie de Son Excellence était contrainte de donner à un parent éloigné la plus humble des positions. En voici un exemple :

Tout était placé : les ascendans et les descendans en ligne directe, ceux des branches collatérales, soit du côté du mari, soit du côté de la femme, avaient obtenu des emplois. Un pourtant de ces derniers, qu'on ne soupçonnait guère, est tout à coup vomi par les Cévennes à Paris, où il descend, encore vêtu de l'habit de porteur de contrain-

te ; avec la longue habitude qu'il avait
de s'établir en garnisaire, c'était un solliciteur tenace, et qu'une vague pro-
messe n'aurait point satisfait. Il se ré-
clame du titre de cousin ; à quoi Son
Excellence répond qu'il lui sort des
cousins de dessous terre ; qu'il ne pourrait décemment leur offrir des places
de garçon de bureau, et que c'est pourtant tout ce qu'il a en ce moment. Le
cousin, très-peu fier, prend le ministre
au mot, et accepte. On lui fait sentir
l'inconvenance de cette situation ; il
persiste ; le brevet de garçon de bureau
lui est délivré, mais on lui impose la
dure condition de changer de nom, et
de garder le plus profond silence sur
la parenté ; il s'y soumet : trois mois
s'écoulent, durant lesquels le cousin,
religieusement discret, répond sous son
nouveau nom à la sonnette d'un chef
de division pétulant et capable, dont

Son Excellence faisait grand cas. Pourtant le mystère commençait à l'étouffer; il éprouvait de ce long silence une sorte de suffocation, lorsqu'un jour il néglige de répondre aux tintemens réitérés de la sonnette. « Qu'est-ce donc que ce drôle-là ? dit le chef de division. — Je ne suis point un drôle, Monsieur. — Vous êtes un drôle, et de plus un insolent que je ferai mettre à la porte. — A la porte, moi? Non, non, réplique le garçon de bureau enflé de colère, et déjà hors de son rôle; vous n'avez pas ce pouvoir. — Maraud, je n'ai pas ce pouvoir ! apprends que je suis l'homme de confiance du ministre. — Et moi, Monsieur (en frappant du pied), je suis son cousin ! » Cette réplique pétrifia l'imprudent chef de division, qui demeura long-temps immobile. Le cousin, revenu à lui-même, le supplia, le conjura de garder le silence ; mais l'homme de cour eut depuis ce moment, pour son garçon de bureau, des attentions et des égards qui ne tardèrent point à apprendre à tout le ministère le secret que chacun avait ignoré, et la bassesse dévoila ce que la vanité avait su taire.

Cette maladie du népotisme qui tient tous les gros fonctionnaires est, comme toutes celles de l'administration, essentiellement contagieuse. Sa maligne influence gagne toutes les hiérarchies, descend jusque dans les derniers grades. Un chef de bureau destine à son fils ou à son neveu une vacance espérée, ou une place à naître. La même ambition s'empare du père de famille, sous-chef, ou employé. Chacun traîne après soi, dès neuf heures du matin, d'imberbes administrateurs qui, furtivement introduits dans les bureaux, préludent au surnu-

mérariat et promettent à la circulaire
des soutiens, aux règlemens des dé-
fenseurs. Dès que les décès, les réformes ou les destitutions ouvrent la file,
vite un cousin s'y glisse. Là, comme
le général au champ de bataille, le népotisme crie continuellement : *Serrez
les rangs.*

Vous dirai-je à quelle exagération un
sous-chef, enhardi par l'exemple, osa
pousser l'amour de la famille ? Il était
de Saint-Flour, franche Auvergne, et
seul, de ses parens laboureurs, avait
reçu cette éducation élémentaire dont
s'accommodent les bureaux. Tous, lui
excepté, ne parlaient que ce lourd patois
dont quelquefois sont effrayées vos oreilles quand un vigoureux porteur d'eau
vient emplir vos fontaines épuisées. Cet
excellent sous-chef était estimé de son
directeur : il retranchait de ses quatre
mille francs de traitement une petite

somme qu'il faisait régulièrement passer à ses quatre frères de Saint-Flour,
Guillaume, François, Nicolas et Jérôme; deux cousins même, dont les
noms m'échappent, levaient encore sur
ce sacrifice annuel un petit impôt, et
l'on buvait à la santé du bon frère de
Paris. Un projet de loi passe qui ajoute
au ministère une nouvelle branche de
service; le directeur fait appeler notre
sous-chef. — J'ai confiance en vous,
lui dit-il, je vous fais chef du bureau à
créer, et vous charge de faire choix
vous-même de vos employés.

Le croirez-vous? Ce digne sous-chef
qui, jusque-là, avait été un exemple
de modération, poussé tout à coup par
le démon du népotisme, conçoit le téméraire projet d'appeler à Paris ses
quatre frères, ses deux cousins, et de
les présenter au directeur. Il fera de
Guillaume, son sous-chef; François

sera le commis principal, Nicolas le
second employé, Jérôme l'expéditionnaire, et les deux cousins passeront
comme garçons de bureau. Aucun ne
sait écrire ; mais il travaillera pour tous.
Le directeur pourra les faire appeler ;
il se condamnera à être toujours là, et
se présentera pour eux. Le directeur
les questionnera, et ils ne parlent que
le patois ; qu'importe : il leur prescrira
de se taire, et répondra pour tous.

Une lettre part pour Saint-Flour ;
elle porte aux quatre frères et aux deux
cousins l'invitation de se rendre à Paris
en toute hâte. Ils y arrivent dans l'épais-
seur du costume auvergnat, et glorieu-
sement chargés de la cornemuse et de
la vielle nationales. Le sous-chef leur
développe, en patois, les destinées auxquelles ils sont appelés, et dérobe leur
allure montagnarde sous une demi-douzaine d'habits noirs qui leur ont impro-

visé des tournures administratives. Il
présente ces figures rubicondes au directeur ; celui-ci en est satisfait et ne s'é-
tonne que légèrement de l'air de famille
dont toutes sont empreintes. Les voilà
installés et à la besogne ; elle était facile :
pour occupation unique, les frères auvergnats avaient l'ordre de feuilleter
continuellement de gros registres.

Quelques séances se passent ainsi
pendant lesquelles notre ancien sous-
chef se multiplie, se porte aux points
vulnérables, fait face à tout, répond à
tout : il rédige pour Guillaume, il ex-
pédie pour Nicolas ; mais le ministre le
fait demander, et le voilà forcé de laisser
ses pauvres frères seuls et peut-être en
butte à une visite du directeur. Il entre
en effet pour dicter un travail pressé.
Guillaume, qui ne comprend point, se
met à feuilleter son registre avec une
activité nouvelle. Le directeur s'adresse

à François, à Nicolas, à Jérôme, et,
impatienté de leur silence, les force enfin à éclater tous les quatre en phrases
de pur patois auxquelles, à son tour, il
ne peut rien entendre. C'est au milieu
de ces cris que se présente l'ex-sous-chef.
Terrifié d'une si prompte et si rude ca-
tastrophe, honteux et confus, il n'a
d'autre ressource que d'avouer ingénu-
ment tout ce qui s'est passé, et de se
mettre à la discrétion de son directeur,
qui était homme de sens. « Vous avez
» fait une grande faute, lui dit-il;
» vous en porterez la peine. Ces mes-
» sieurs ne sont point en état de tra-
» vailler; mais ils peuvent apprendre.
» Qu'une moitié de vos appointemens
» soit employée à leur donner des maî-
» tres; en six mois de temps ils doivent
» certainement en savoir assez pour ad-
» ministrer. Jusque-là vous ferez seul
» la besogne de tous et, après le sé-

» mestre expiré, si vos frères ne sont
» pas bons sous-chefs et bons employés,
» je les renvoie à Saint-Flour. » — Ces
gaillards-là se mirent à l'ouvrage avec
des cœurs d'Auvergnats. Notre chef tenait bureau le matin et, le soir, école
d'enseignement mutuel. En moins de
six mois, il fit de ses frères d'excellens
administrateurs. On m'assure aujour-
d'hui que tous quatre sont arrivés à de
hauts emplois.

N°. XIV. — 30 *octobre* 1824.

QUATORZIÈME LETTRE

A MADAME....

Ministre qui arrive. — On lui demande de la religion et des places. — De la morale et des indemnités. — Biographie de Son Excellence. — Scène d'une section du conseil d'état. — Correspondance au crayon. — Quel est son entourage ? — Nettoiement général. — Visite de l'hôtel. — Le chef du bureau de l'intérieur. — Articles 6, 7 et 8. — Point de spécialité. — Pains à cacheter convertis en glaces. — Apprentissage d'une semaine. — Le secrétaire-général mis à la porte. — Réception des bureaux. — Éloquence ministérielle. — Certainement, Monseigneur. — Les revenans.

J'APPRENDS que, dans plusieurs salons, on ne dédaigne pas de s'instruire et de s'égayer au petit cours d'administration que nous avons ouvert. Certains administrateurs qui n'aiment point à rire verraient avec plaisir qu'on nous le fît fermer; mais beaucoup d'administrés battent des mains à nos critiques légères : ils trouvent, lancés d'une main sûre, les traits que nous avons décochés à la paperasserie, à l'importance et au népotisme de quelques titulaires du budget. Laissons en paix aujourd'hui les directeurs et les secrétaires-généraux que nous avons trop inquiétés ; ne mêlons pas d'amertume aux douceurs de cette fin de mois : au moment où j'écris, les huissiers et les garçons de bureaux traversent les corridors, portant à la signature les états d'appointemens. Chacun taille sa plume pour y apposer son nom ; et les fourgons des ministères, réunis dans les cours de M. de Villèle, plient déjà sous des milliers de sacs de mille francs qui vont aller tout à l'heure féconder la place Vendôme et les bienheureuses rues des Capucines, de Grenelle et de Varennes.

Je vous ai fait assister aux scènes larmoyantes qui se passent dans l'hôtel du ministre qu'une ordonnance vient de rendre aux loisirs de la vie civile. Rien de plus triste que les tableaux dont l'observateur trouve environné le ministre *qui s'en va*; il n'en est pas au contraire de plus animés, de plus gais que ceux dont est entouré le ministre *qui arrive*. Essayons de les esquisser : si j'en crois le bruit qui circule, ils auront le mérite de l'à-propos.

Le Moniteur vient de paraître qui confie à un autre homme d'état les rênes de l'administration générale. Tous les intérêts, toutes les ambitions interrogent l'avenir que leur prépare le nouveau maître. Durant toute la journée son nom voltige sur les lèvres des politiques des Tuileries, du Palais-Royal;

les salons du faubourg Saint-Germain
lui demandent déjà de la religion et des
places, de la morale et des indemnités;
ceux de la Chaussée-d'Antin des projets
de finances, des emprunts et des rem-
boursemens. Les malle-postes de M. de
Vaulchier vont répandre la nouvelle
dans les départemens; elle atteindra,
au milieu de la nuit, une foule d'autorités qui en consacreront le reste à rédiger des lettres de félicitation.

Le personnel de l'administration cen-
trale, dans l'attente de son nouveau
chef, ne fera plus rien pendant huit
jours : les séances seront dépensées en
pourparlers sur la personne du ministre; c'est à qui fera sa biographie : chacun devient pour lui, depuis le suisse
jusqu'au directeur, un petit Chaudon
ou un petit Michaud qui le prend à sa
naissance, le met en nourrice, en pen-
sion, fait plus ou moins bien son édu-

cation, le lance dans les affaires, le porte
à la chambre des députés, à celle des
pairs, et le pousse enfin au ministère
que lui attribue l'ordonnance qui vient
de paraître.

Ces biographies improvisées dans
l'épanchement du cabinet, dans les rencontres de corridors ou d'antichambres,
tantôt rembrunies, tantôt ornées par
des craintes ou des espérances person-
nelles, offrent quelquefois des peintures
vives et originales du nouveau ministre.
On l'examine aux époques suivantes :

Avant la révolution;
Pendant la révolution ;
Sous le consulat et l'empire;
En 1814;
Durant les cent jours;
Depuis les cent jours.

Rarement les panégyristes bureaucrates parviennent à faire passer la réputation de Son Excellence à travers

cette demi-douzaine de terribles épreu-
ves, sans y trouver une des larges ta-
ches dont les révolutions ont éclaboussé
les habits brodés. Est-il brusque, est-il
emporté, est-il *féseur?* Voilà des questions accoutumées. Beaucoup qui, à
l'exemple de Sosie, chantent quand ils
ont peur, se vantent très-haut de connaître ou d'avoir connu son oncle, son
neveu, son cousin, sa marraine et jusqu'à sa nourrice. Fera-t-il une organisation? se demande-t-on de toutes parts.
Point de doute, réplique-t-on de tous
côtés; et les quatre cents bureaucrates,
désertant le ministère, se mettent en
course à la recherche de recommandations et de protections.

Je tiens d'un conseiller d'état le récit
d'une scène à laquelle il assista dans
une circonstance semblable : elle est
bien propre à donner une idée de la

fièvre d'intrigue qui, dans ces momens, agite les esprits.

La scène se passait dans une section du conseil d'état attachée au ministère qui venait de s'ouvrir pour un nouvel élu. A ce comité, où l'on discutait un projet important laissé par le prédécesseur, étaient présens quatre conseillers d'état, le secrétaire-général maître des requêtes, et un second maître des requêtes fort ambitieux, fort re- muant, qui était impatient de savoir par où il pourrait s'accrocher au char du nouveau ministre. Ce dernier maître des requêtes était un de ces fonction- naires hermaphrodites, que d'illustres protecteurs couvrent de deux habits, afin de les employer militairement, ci- vilement, judiciairement, et qui, comme la chauve-souris de La Fontaine, peu- vent, lorsqu'on les accuse d'être un pe- tit animal rongeur, s'écrier : *Je suis oiseau, voyez mes ailes.* Les quatre conseillers d'état délibéraient gravement ; mais l'un d'eux observa du coin de l'œil les fréquens échanges d'une correspondance au crayon, qui s'était établie entre le secrétaire-général et le maître des requêtes. On lève la séance à laquelle ces deux messieurs n'avaient pris aucune part. Mon conseiller d'état, resté seul et curieux de sa nature, s'empare de leur correspondance au crayon, et y lit ce qui suit :

Le maître des requêtes. — D. Quel homme est le nouveau ministre ?

Le secrétaire-général. — R. Bon homme.

D. Quelle est son opinion ?

R. Il n'en a pas.

D. Ses habitudes ?

R. Bourgeoises.

D. Son caractère ?

R. Têtu.

D. A-t-il quelque passion?

R. La paresse.

D. Ses talens?

R. Nuls.

D. Ses goûts.

R. Le tabac.

D. Quel est son entourage?

R. Je vous dirai ça.

Le digne conseiller-d'état, qui a conservé cette correspondance au crayon comme un monument de nos mœurs administratives, est homme de sens, de modération, d'expérience, remarquable surtout par une vieille habitude des affaires, et un tact délicat des convenances. (Il ne fait plus partie du conseil d'état.) Ce qui l'indignait dans ces questions, le croiriez-vous? c'était la dernière : *Quel est son entourage?* Il commentait avec indignation la bassesse et l'ignominie de cette expression *entourage*, échappée à un maître des requêtes. Il y trouvait le cachet de l'esprit d'intrigue, un emprunt fait au dictionnaire de la valetaille, une intrépide résolution d'arriver, par toutes les voies, quelque impures qu'elles pussent être. Quand je veux me donner de la satisfaction, je replace sur ce texte les loisirs de la retraite de mon vieux conseiller d'état.

Voilà les soins dont sont occupés, sous mille formes, tous les ambitieux du royaume, à la nouvelle du changement de ministre.

Cependant le prédécesseur a fui avec mystère, redoutant jusqu'aux sifflets de ses commis. Le secrétaire-général, qui épie les effets du contre-coup, demeure encore. On attend demain le nouveau ministre, sa femme, ses enfans et ses laquais. Le chef du bureau de l'intérieur commande une escouade de balayeurs, ordonne un nettoiement gé-

néral de l'hôtel, et préside, de sa personne, à cette épuration. Là, tout ce
qui reste du prédécesseur et de sa famille, papier, plumes, almanachs,
est impitoyablement traité comme or-
dure. Le balai implacable destitue, réforme dans tous les coins et recoins des
appartemens, sans demander de notes
ni de renseignemens, comme ferait un
Directeur. La pétulance du plumeau,
l'activité de la brosse, chassent jusqu'aux
dernières traces de la puissance déchue.
La porte même qui protége le craintif
secrétaire - général, est ébranlée par
l'impétuosité des balais, dont le choc
épouvante ses oreilles ; il tremble qu'elle
ne s'ouvre, et, dans une pareille extré-
mité, n'ose prévoir jusqu'où pourrait se
porter le délire de la propreté.

Les murs, les plafonds, les parquets
ont repris leur lustre ; l'hôtel est dés-
infecté. On attend le nouveau ministre.

Le pied de ses chevaux a fait étinceler le pavé de la cour; le chasseur vient d'abattre le marche-pied de la vaste berline; le ministre s'en élance, et est reçu par l'ancien secrétaire-général et le chef du bureau de l'intérieur qui sont à la portière. Ce sont eux qui l'accompagnent dans la visite de l'hôtel; quelque commode qu'il soit, rien ne va aux nécessités, aux habitudes de Son Excellence et de sa famille. Les papiers, les tentures ne conviendront pas au goût de la comtesse. Ce mobilier a vieilli, et il le faudrait renouveler. Cet instant est un triomphe pour le chef du bureau de l'intérieur! Il tient à la main le chapitre du budget intitulé : *Dépenses du service administratif du ministère.* Ce chapitre s'élève à 6,085,000 fr., et se compose de huit articles. A toutes les demandes que forme Son Excellence, le chef du bureau de l'intérieur répond :

Rien de plus facile : nous prendrons cela sur les articles 6, 7 et 8. — Mais des glaces plus majestueuses ? — Articles 6, 7 et 8. — Des tapis ? — Articles 6, 7 et 8. — Des garnitures de cheminées ? — Articles 6, 7 et 8. — Qu'est-ce donc que vos articles 6, 7 et 8 ?

Les voici :

Art. 6. Fournitures de bureau, papiers, registres, reliure, encre, cire et pains à cacheter.   250,000 fr.

Art. 7. Bois et lumières, chauffage, éclairage et frais extraordinaires d'illuminations.   135,000 fr.

Art. 8. Entretien et réparation du mobilier, et du bâtiment occupé par les bureaux du ministère.   60,000 fr.

Total...   445,000 fr.

Le ministre objecte que chacune de ces allocations doit recevoir sa destination. — Non, monseigneur; nous n'avons pas de spécialité, Dieu merci; cela ne nous laisserait pas le jeu nécessaire. Il est bien plus commode de faire un bloc de ces 445,000 francs, pour en disposer selon les besoins et les circonstances. — Il faut cependant que les fournitures de bureau soient faites. — Votre Excellence sent bien qu'il faudrait faire une grande consommation de pains à cacheter pour dépenser 250,000 francs. Or, nous sommes parfaitement libres de convertir les pains à cacheter en meubles, le chauffage en garnitures de cheminées, de changer la cire en tapis, et les illuminations extraordinaires en glaces majestueuses, pourvu qu'au bout du compte nous respections le chiffre sacramentel de 445,000 francs.

Voilà comme en peu de jours l'hôtel,

le mobilier et le ministre, tout est remis à neuf.

Celui-ci pourtant vient de prendre
possession : il est installé, et s'occupe
pendant vingt-quatre heures d'inven-
torier les richesses de sa colonie. Il ne
veut point en passer en revue les escla-
ves avant de savoir quelle est la nature
des travaux auxquels ils sont condam-
nés. Une semaine est employée par Son
Excellence à cet apprentissage qu'elle
fait dans l'ombre et le mystère. Le secrétaire-général, qu'elle doit incessamment mettre à la porte, devient son
précepteur; il est dans la nature de cet
excellent fonctionnaire de vivre toujours
d'espérance; c'est pour lui surtout qu'est
cruellement exacte cette allégorie qui
représente la déesse conduisant l'homme
au tombeau. Il se flatte qu'une petite
direction ou une petite division sera
le prix des leçons qu'il donnera à Son

Excellence avec un zèle vraiment louable.
Il lui apprend quelles sont les attributions des bureaux, les projets à naître,
ceux qui sont en cours d'exécution; il
présente à sa signature les portefeuilles,
lui fait connaître les noms, les capacités,
les prétentions. Pendant cette semaine
d'apprentissage, le ministre va, conduit
à la lisière, par le secrétaire - général;
après quoi, il prend ses ébats et marche
tout seul. Le premier usage qu'il fait de
ses jambes est de chasser ce pauvre précepteur et de le remplacer par un secrétaire général qui, ordinairement, a été
le compagnon de sa vie politique.

Alors l'heure a sonné de jouir des
vanités de ce monde, et d'entendre ré-
sonner le titre de *monseigneur*. Son
Excellence fixe le jour où elle recevra
les bureaux. C'est le premier acte des
fonctions du nouveau secrétaire-général
qui prépare un ordre ainsi rédigé :

« Messieurs les directeurs sont pré-
» venus que Son Excellence les recevra,
» ainsi que MM. leurs chefs et sous-
» chefs de bureau, le   à   heu-
» res, etc. »

Cet ordre est porté dans toutes les pièces par des huissiers. Chaque directeur y ajoute l'invitation à MM. ses chefs et sous-chefs, de se réunir chez lui pour partir avec ordre et ensemble.

En un instant, quatre cents épaules, accoutumées à cette cérémonie, ont endossé deux cents habits noirs. Le cortége se dirige vers l'hôtel dont on encombre les antichambres ; dans sa marche, des solliciteurs novices le prennent pour un convoi. Il y aura bien en effet quelques morts à la suite de cette présentation, qui n'est que le prélude de prochaines réformes.

C'est un spectacle curieux que de voir, dans les antichambres, tout ce personnel des bureaux, attendant qu'un huissier appelle : *La première direction ! La seconde direction !* Le moindre des membres de cette grave députation se persuade qu'il est un personnage important, une grosse molécule du pouvoir sur laquelle Son Excellence arrêtera ses regards : on ne s'avisera pas de prendre la parole, mais on passe en revue la foule de questions probables que le ministre pourra faire, et l'on cherche à s'y tenir préparé. C'est à qui relèvera sa cravate, à qui prendra une attitude droite, une encolure pensante.

Les deux battans s'ouvrent pour admettre *une direction* dont les membres s'introduisent pressés, foulés, heurtés, à la manière des moutons. C'est bien à tort qu'ils s'inquiétaient des improvisations à faire. Le ministre n'est pas moins embarrassé devant toutes ces figures bizarres, que toutes ces figures

bizarres ne le sont devant lui. Son Excellence essaie pourtant d'enfiler quelques phrases hortatoires où elle prend
pour texte, et cela sans s'en douter, le
fameux *nil actum reputans si quid su-*
peresset agendum; à quoi le directeur,
répondant pour tout le monde, réplique par un gros : *Certainement, Mon-*
seigneur. Chacun se retire alors, comme
il est arrivé, faisant place à une deuxième direction, qui fait elle-même
place à une troisième et à une quatrième direction.

Tout cela est si vain, si essentiellement inutile; le ministre fait si peu
d'attention aux pyhsionomies (dont
quelques-unes pourtant sont assez ba-
roques pour mériter d'être examinées),
qu'on pourrait hardiment lui présenter
à la place de tous ces employés, un bataillon d'infanterie vêtu de noir. Il y
aurait plus d'ensemble dans les manœu-

vres, et Son Excellence resterait également persuadée qu'elle a vu ses chefs et sous-chefs.

Une vieille expérience m'a appris un fait que je consignerai ici pour l'instruction des bureaucrates; c'est que lorsque, dans ces présentations, Son Excellence prend la peine d'affirmer qu'il n'y aura point de réformes, c'est un signe certain qu'elle ne manquera pas d'en faire, tant il y a de bonne foi et de sincérité dans les cœurs ministériels!

A cette petite comédie d'intérieur, succèdent des scènes d'un ordre plus élevé : le ministre reçoit les fonctionnaires et les agens extérieurs qui appartiennent à son ministère. S'agit-il de Sa Grandeur le ministre de la justice : tous les remises et tous les fiacres, mis en réquisition et centralisés au palais de justice, emballent les cours royales, de cassation et de première

instance ; juges, huissiers, greffiers et
procureurs du roi, couverts du bonnet
carré, noircissent la place Vendôme, et
la balayent de leurs longues robes. Le
nouveau ministre est-il appelé à prési-
der aux destinées de l'armée : les officiers de la garnison, ceux de la garde
royale, de la gendarmerie, les dépu-
tations des écoles polytechnique, du
corps royal d'état-major, les ingénieurs
géographes et le corps même des sa-
peurs-pompiers font, en grand uniforme, le siége des rues de Grenelle et
de l'Université. Les félicitations s'adres-
sent-elles au ministre des finances : tout
ce qu'il y a, à Paris, de receveurs-généraux, de payeurs, d'inspecteurs du
trésor ; les agens du domaine, de l'enregistrement, des douanes, des tabacs,
des sels, de la loterie et des droits-réu-
nis, nombreux cortége représentant
un milliard de revenu, envahit les ac-

cès des rues de Richelieu, barre le passage de la rue Neuve-des-Petits-Champs, et se presse dans les antichambres de Son Excellence pour lui donner l'assurance de la même activité dans les sommations, de la même ardeur dans les contraintes, et du même dévouement dans l'emploi des garnisaires.

A l'aspect de cet immense personnel, brodé par devant, par derrière, et souvent sur toutes les coutures, une idée subite et spontanée vient ordinairement frapper le cerveau de Son Excellence : c'est d'agiter ce personnel à son profit et dans ses intérêts. De si nombreux et de si brillans états-majors lui donnent de sa puissance une opinion exagérée, du haut de laquelle rien ne lui paraît impossible. Avant de recevoir, elle était disposée à écouter, à apprendre, à administrer ; a-t-elle reçu : elle dispose, elle ordonne, elle désorganise.

C'est un bien beau moment pour les intrigans et pour les rêve-creux, que l'arrivée d'un nouveau ministre! Il y a toujours à la suite d'un ministère une tourbe de solliciteurs que l'on peut diviser en deux classes : ceux qui demandent des places, et ceux qui colportent des projets dont les uns doivent procurer à l'état des milliards sans imposer personne, les autres une formidable armée qui ne coûtera pas un sou. Quand un ministre a été en exercice pendant un certain temps, ses bureaux l'ont plus ou moins éclairé sur ces solliciteurs d'emplois, dont quelques-uns, toujours victimes apparentes des révolutions, ne sont en réalité que des fripons, des espions ou des repris de justice ; quelques autres des fous incurables, ou d'intrépides ignorans qui prétendent jeter à travers l'administration une théorie à laquelle ne manquent que le sens commun et les moyens d'exécution. L'ancien ministre a frappé juste sur ces malotrus et ces maniaques ; mais à l'arrivée de la nouvelle Excellence, ils reprennent force et vigueur, et reparaissent poussant des cris d'injustice et tendant des bras chargés de pétitions et de mémoires.

Ces gens-là que, pendant vingt ans, j'ai vus attachés à la poursuite de la même marotte, je les appelais *les revenans*; et en effet, à peine un ministre venait-il de tomber, que je les voyais se repromener comme des ombres dans nos longs corridors. Leur réapparition m'a souvent appris plus tôt que le Moniteur la chute de Son Excellence.

Le nouveau ministre, trop pressé de mettre en jeu tous les ressorts qui sont à sa disposition, prête souvent l'oreille aux plaintes de ces intrigans et aux promesses de ces aliénés. Il est quelquefois assez mal inspiré pour accorder des places à ceux-ci, et demander des rapports sur les *factum* de ceux-là. On trouverait dans les cartons de tous les ministères tel projet qui, présenté à l'assemblée constituante, reproduit par son infatigable auteur à la convention, au directoire, au consulat, à l'empire, n'a cessé de harceler la restauration, a occupé, sous M. Decaze, de nombreuses commissions, forcé M. de Villèle à nommer des comités d'examen, et obligera très-prochainement son successeur à convoquer le conseil d'état en assemblée générale.

QUINZIÈME LETTRE

A MADAME.....

La police. — Ce qu'elle est. — Ce qu'elle devrait être. —
— Mécènes la dirigea à Rome. — De nos jours, il aurait
donné sa démission. — L'œillet rouge. — Purifications espa-
gnoles.—Haine d'un prince français pour la police. —Traité
de M. de La Mare.—Livre à réimprimer. — Subdivision de
la Bastille. — Présidence du tirage de la loterie. — Affaires
mixtes. — Budget de la police. — Affaires secrètes des familles. --- Sylphes et gnomes. — Enfans morts-nés et théâtres. — Sépultures et feux d'artifices. — Partie dramatique
de la police. — Goutte d'huile.

Vous étiez loin de croire que chaque
ministère renfermât un personnel aussi
nombreux, aussi varié que celui dont
je vous ai fait l'énumération. Que direz-
vous donc quand vous apprendrez qu'in-

dépendamment de ces cadres si bien
remplis, il n'est pas de ministère,
quelque petit qu'il soit, qui n'ait érigé
en *directions spéciales* plusieurs branches de ses attributions. Chacune de
ces directions forme seule un nouveau
ministère où chaque administré est
obligé de présenter sa supplique; elle
n'arrivera à Son Excellence que lorsqu'elle aura franchi les obstacles que
lui opposent les règlemens et les instructions inventés par trois ou quatre
directeurs. Un ministre est ainsi enveloppé de plusieurs sous-ministères, que
les réclamations sont contraintes à tra-
verser pour pénétrer jusque dans son
hôtel. C'est le Styx se repliant neuf
fois sur lui-même autour du palais de
Pluton.

Mon projet n'est pas de vous prendre par la main et de vous conduire
dans ces directions spéciales. Vous n'y

trouveriez probablement que la parodie des scènes où je vous ai fait assister. Je veux aujourd'hui vous donner une idée de l'*administration de la police* en ce qui concerne la capitale. C'est une des attributions du ministère de l'intérieur qui a long-temps mérité, à raison des développemens qu'on lui a donnés, de faire, à elle seule, *département*. Des temps meilleurs ont permis de la resserrer dans des limites plus étroites dont notre liberté jalouse trouve encore la circonscription beaucoup trop étendue.

Le mot *police*, dans sa véritable acception, ne méritait pas les sentimens de mépris et le dégoût dont l'opinion l'a flétri : il vient du mot grec πόλις et signifie *ville*. Les lois qui régissaient les grandes réunions d'hommes, et l'ordre à y établir pour la sûreté individuelle de tous, voilà ce que les anciens entendaient par *police*; c'était chez eux la science entière du gouvernement. Chez nous c'est une branche d'administration toute spéciale qui s'est formée d'un horrible mélange de surveillance politique et de mesures particulières adaptées aux mouvemens variables des progrès du commerce, de l'industrie et de la civilisation.

Vous avez lu, surtout dans ces derniers temps, d'éloquentes diatribes contre la police. Ces catilinaires s'adressaient à la police *politique*, c'est-à-dire à celle qui s'immisce dans les consciences et prétend surveiller les opinions par les mêmes moyens que les rues et les égoûts. Cette police-là est immorale, irréligieuse, attentatoire aux lois civiles et politiques; mais la police qui se renferme dans l'action d'ordre et de vigilance qui lui est propre, est une bienveillante création consacrée par l'exemple de tous les peuples civilisés. Cette sorte de police s'établit dans les plus petites comme dans les plus grandes réunions. Elle est si utile, si nécessaire, qu'elle s'organise d'elle-même pour l'état de famille, et s'improvise au profit des moindres associations. C'est ainsi qu'on se lève chez vous à sept heures du matin, qu'on y travaille jusqu'à quatre, que votre porte n'est ouverte que pour vos amis, que tout votre monde doit être rentré à minuit, et que, passé dix heures du soir, il est interdit à Dubois, votre domestique, de faire crier son violon dont les aigres sons incommoderaient vos voisins; c'est ainsi que, dans les banquets même où Momus prend ses ébats, la modération et la décence instituent soudainement un commissaire du repas, et un inspecteur de la chanson. Etendez, par

la pensée, cette paternelle vigilance, à
une réunion de quarante millions d'à-
mes, ou, en particulier, à une ville
qui en contient huit à neuf cent mille;
appliquez-la aux mœurs, à la santé,
aux vivres, à la tranquillité, à la propreté, au commerce, aux domestiques,
aux manœuvres et aux pauvres, et vous
vous formerez une juste idée de ce que
doit être la police.

C'est à cette action salutaire qu'elle
fut ramenée à Rome sous le règne
d'Auguste : il isola la police de tout
concours aux choses politiques, judi-
ciaires ou civiles; il la confia à un préfet de la ville auquel il adjoignit des
inspecteurs, *curatores urbis*, qui veil-
laient uniquement à la sûreté et aux
plaisirs des Romains. Cette charge,
ainsi dégagée de délation et d'espionnage des consciences, mérita d'être
confiée au gendre d'Auguste, puis à

Mécènes qui, de nos jours, aurait probablement donné sa démission ; mais,
sous ce règne, les inspecteurs de la ville
ne se fussent point avisés de faire un
rapport sur les doctrines d'Horace et
les opinions de Virgile. Auguste n'eût
point attendu pour leur ouvrir les
portes de l'Académie, les circulaires
d'un commissaire du lit du Tibre et des
cloaques.

Si je voulais vous montrer la police
violente, ennemie du repos des citoyens, et violatrice du secret des familles, je la produirais à vos yeux, telle
qu'un parti tenta de la réorganiser en
1815. S'il est permis de se ressouvenir
d'un trait comique lorsque la pensée
est refoulée vers des époques si som-
bres, je vous raconterais celui dont mon
humble domicile fut un jour le théâtre.
C'était ma fête, et quelques amis m'a-
vaient apporté, avec un pot de jasmin

acheté à peu de frais sur le quai aux
fleurs, les élémens d'un modeste repas
qui fut joyeusement consommé. L'un
d'eux se croyait poëte, et il fut décidé,
ce jour-là, que la chanson qu'il m'avait
faite, ajoutait une fleur à sa couronne
anacréontique. A quelque distance de-
là le jasmin, oublié comme la chanson,
fut relégué sur une des croisées de l'as-
trologique ermitage, d'où il menaçait
la tête des passans, et, à ce titre, une
police veillant pour leur sûreté eût
peut-être ordonné de l'en exiler. Telle
n'était pas la nature des soins qui l'occupaient. Un *curator urbis*, ou, si
vous l'aimez mieux, un inspecteur des
boues, entra chez moi en me déclarant
que j'étais dénoncé comme ayant habituellement sur ma fenêtre un *œillet
rouge*, et comme chantant à tue-tête
des refrains *séditieux*. C'est à grand'-
peine que je me ressouvins de la Saint-

Jacques. J'ouvris ma croisée et produi-
sis mon jasmin dont une fleur pâle
tenait encore à la tige comme pour me
servir de témoin. Quant à la chanson
séditieuse je répétai à l'inspecteur, sans
lui en épargner un seul, les dix cou-
plets de l'amitié, me croyant assez puni
par mes efforts de mémoire et par ce
second hommage forcément rendu à la
poésie du cœur. Vous dirai-je que ma
première destitution suivit de près cette
visite inespérée? Est-ce à elle que ma
reconnaissance doit adresser des actions
de grâce?

Voilà des soins qui, aux jours de
troubles et de persécutions politiques,
chargent de nouveaux traits les mœurs
des agens de police; mais la délation et
l'espionnage transforment les mou-
chards en hommes d'état lorsque les
gouvernemens, doutant de leur éxis-
tence, arrivent à suspecter toute la

6 *

population, et à livrer à ses sbires la conscience de la généralité des citoyens. Quelle ne devient point leur affreuse importance, leur importance dans l'état, lorsqu'on le leur abandonne par une ordonnance qui prescrit publiquement de dresser des listes d'hommes, et des *listes de femmes?* d'inscrire sur ces listes tous les individus qui méritent quelqu'une des notes suivantes :

Attaché au système constitutionnel;

Volontaire national de cavalerie ou d'infanterie;

Individu de compagnie ou bataillon sacré; .

Réputé pour *maçon;*

Connu pour *communero;*

Tenu pour libéral *exalté* ou *modéré;*

Acquéreur de biens nationaux ;

Sécularisé.

Voyez-vous à quel prix seront mis,

par les gens de police, ces mots *réputé*, *connu* ou *tenu pour?* Quel impôt ils mettront sur *l'exaltation* ou la *modération?* Combien de réaux distingueront les nuances délicates qui peuvent exister entre *libéral* et *attaché au système constitutionnel*, entre *maçon* et *communero?* Voilà leur commerce en pleine activité : ils négocieront avec le surintendant-général de la police votre liberté, votre existence même; et, dans cet horrible trafic, ce sont vos ennemis qui, faisant office de courtiers, prélèveront, sur le prix stipulé, les droits arbitraires que fixeront la haine et la vengeance.

Qu'il est doux d'avoir à opposer à ce système d'universelle inquisition la noble et généreuse confiance d'un prince dont les actes pleins de sagesse et de magnanimité appelaient l'Espagne à de meilleures destinées ! Nous tenons le fait suivant d'un officier supérieur, dont il se laissait souvent approcher à la faveur de cet abandon, de cette familiarité qui, à la guerre, effacent les plus grandes distances.

La police, lorsqu'elle borne son action aux soins qui la concernent, est utile partout ; il en faut une parmi les hommes armés que l'indiscipline rendrait plus dangereux que les autres citoyens : elle prend alors le nom de *police militaire*. Il la fallut établir à Madrid, lorsqu'une partie de l'armée française y tint garnison ; mais tel est, dit-on, l'éloignement du prince, telle est son aversion naturelle pour tout ce qui se rattache aux moyens et aux œuvres des surveillances secrètes, qu'il repoussait avec dégoût les projets d'organisation de police militaire que présentaient à son approbation les officiers-généraux. Ils ne purent vaincre cette répulsion du prince, pour l'emploi même utile des voies ténébreuses de la police, qu'en développant à sa loyauté et à sa franchise chevaleresques les impérieux argumens de la nécessité. Il s'en montra plus affligé que convaincu, et ne donna qu'à regret une approbation dont il s'appliquait à tempérer l'usage. Pendant toute la durée de son séjour à Madrid, il témoigna la même aversion pour les notes mystérieuses et les rapports secrets. C'était une témérité que d'en hasarder devant lui une lecture, que sa royale confiance saisissait toutes les occasions d'interrompre ou d'abréger. Ne trouvez-vous pas là, pour la France, l'espoir de voir quelque jour la police réduite à sa plus simple expression, et le doux avenir d'une liberté illimitée de placer sur votre croisée des bataillons d'œillets blancs ou rouges?

Mais à l'état de repos et de tranquillité où nous vivons , vous ne sauriez croire quelles sommes sont consacrées aux pratiques de la police; quelle est l'immensité, la variété de ses attribu-tions, le bizarre amalgame qu'en a fait, entre les chefs, le caprice des organi-sations de bureaux ; enfin combien d'in-specteurs , de suppôts , d'exempts et d'archers sont par elle mis en mouve-ment et lancés à travers la capitale pour raconter, comme la renommée, ce qu'ils savent et ce qu'ils ne savent pas.

Applaudissons-nous toutefois de la division sage qui a séparé , pour la pre-mière fois, de la police, la juridiction civile contentieuse. C'est à Louis XIV que nous devons d'avoir mis fin à cette horrible confusion de l'action civile et de police qui avait affligé les règnes précédens. Ce fut en 1667 que ce mo-narque créa deux offices de lieutenant du prevôt de Paris, dont l'un fut qualifié de conseiller *civil* de ce prevôt, et l'autre de lieutenant du même prevôt *pour la police.* Ce dernier office échut à ce même président de la Reynie, dont la mémoire n'aurait pas eu d'autre titre pour parvenir jusqu'à nous, si les boulevards n'avaient imaginé de le reproduire à nos yeux dans *Cardillac,* comme un personnage de mélodrame, seul et digne hommage auquel puissent prétendre les chefs de la police moderne.

Oui, madame, c'est Louis XIV qui, le premier, a créé et mis au monde *le lieutenant de police.* Il n'est pas convenable que nos préfets actuels ignorent cela, et je suis bien aise de corroborer de toute la force de ce souvenir l'ardent dévouement qu'ils professent pour la dynastie de nos anciens rois.

Je n'ai pas le dessein d'énumérer ici toutes les attributions des préfets de police; elles sont innombrables et telles qu'elles ont mérité de faire la matière d'un savant *Traité* qu'on mettrait avec fruit dans les mains de MM. les quarante-huit commissaires des douze arrondissemens de la capitale. Le vieux livre de M. de la Mare est véritablement, de nos jours, digne de réimpression, et je m'étonne qu'un libraire spéculateur n'ait point encore imaginé d'en publier une édition. C'est une entreprise pour laquelle il aurait peut-être reçu une indemnité sur les 190,000 francs annuellement accordés comme encouragemens aux lettres, aux sciences et aux beaux-arts.

Cependant, vous vous formerez une juste idée de l'étendue des attributions de la police de Paris, en jetant un coup d'œil sur son organisation et les parts réservées à chacun de ses bureaux.

L'autorité du préfet de police s'étend

sur tout le département de la Seine et sur les communes de Saint-Cloud, Sèvres et Meudon; il est membre des conseils des hospices et du Mont-de-Piété, et toutes les prisons sont soumises à son administration. Ces prisons sont désignées par une affreuse variété de noms que l'arbitraire et la nécessité ont créés : il y a maison *de dépôt*, maison *d'arrêt*, maison *de justice*, maison *de force*, maison *de correction*, maison *de détention* et maison *de répression*. A cette longue énumération, ne croirait-on pas que la Bastille a subi la loi commune de la division des propriétés, et que c'est le partage de son grand château qui a fourni les sept manoirs que je viens de vous désigner?

Toutes ces prisons sont surveillées par un conseil composé de pairs de France, en qui la philanthropie est une vertu héréditaire. Ce conseil, qui court

TOME II. 2ᵉ. *édit.* 7

au-devant de toutes les mesures propres
à adoucir les rigueurs de la captivité,
rend compte, chaque mois, au ministre
de l'intérieur, de l'état des divers établissemens et des améliorations qu'il
pourrait être utile d'entreprendre ; mais
les arrêtés du conseil sont exécutés par
les soins du préfet de police et par les
agens ordinaires de son administration.

Au nombre des attributions de ces
magistrats, il en est une qui doit in-
quiéter leurs sentimens religieux : *ils
président au tirage de la loterie.* Voilà
comme l'administration est quelquefois habile à donner une apparence
honorable aux actes que réprouvent la
morale et l'humanité. Un des apôtres
de l'Évangile aurait dit : *Ils président
à la ruine des familles.* Le tirage de
la loterie ne manque point d'une certaine pompe, d'un certain luxe de formalités qui en font une cérémonie im-

posante; mais derrière cet appareil, qui livre au dieu du hasard les destinées de cent mille pauvres familles, quels pleurs et quel désespoir! Le premier numéro que la fatale roue fait briller aux yeux de M. le préfet ravit à l'indigence un pain vers lequel elle tendra des mains suppliantes; le second numéro qu'il proclame d'une voix élevée ne laissera à des milliers d'infortunés que la criminelle ressource du vol et du vagabondage; le troisième, trompant de dernières espérances, armera contre eux-mêmes une multitude d'insensés, les poussera au suicide, et si les prisons sont un moment désertes, le prochain tirage se chargera de les recruter. La religion a de quoi pleurer sur ces tristes tableaux. Qu'un préfet de police préside donc au tirage de la loterie, puisque cette présidence est dans ses attributions; mais qu'aux rap-

ports que lui viennent faire assidûment
ses mille agens, il ajoute, par pitié,
une colonne qu'il intitulera : *désastres
causés par la loterie.* L'inspection jour-
nalière des faubourgs, des marchés,
des halles, fournira de quoi la remplir;
qu'il la laisse grande, vaste; que sa
prévoyance même y joigne une feuille
de supplément. Là, il rassemblera, à
la fin de l'année, les élémens d'un mémoire qui pourra trouver sensible le
cœur d'un ministre; et les vœux de
quelques députés, appuyés sur ce
grand registre des infortunes populai-
res, nous délivreront peut-être des
quatre-vingt-dix percepteurs dont M. le
préfet a la présidence.

Comme toutes les administrations,
la police de Paris a un secrétariat-général composé de trois bureaux. Je laisse
de côté celui des archives où quelque
Dulaure futur trouvera de quoi ajouter

de curieux volumes à l'histoire de Paris. Mais comment passer sous silence le premier bureau ? Que ne nous est-il permis de nous y introduire clandestinement en véritable Diable Boiteux, seulement pour quelques heures ! Là, nous apprendrions ce qu'on entend par *affaires mixtes* qui n'ont point de département fixe ; nous lirions à la dérobée le rapport général sur les événemens qui intéressent *la sûreté publique*, et nous mesurerions l'immensité du cadre que la souplesse de ces deux mots ouvrent aux rapporteurs ; nous recevrions les déclarations faites directement à la préfecture de police et les prestations de sermens, si nous en avions le temps. Nous examinerions le personnel de l'administration où nous serions peut-être fort surpris de rencontrer, accolés à certains emplois, beaucoup de noms de connaissance qui

passent pour indépendans. Enfin (et
ceci ne serait pas le moins curieux)
nous assisterions à la confection des
baux et marchés, surtout à l'ouverture
des soumissions cachetées de l'adjudication de la ferme des jeux, au nombre
desquelles se trouverait peut-être celle
d'un des plus riches banquiers de la
capitale.

Mais ce que, sans nul doute, dévore-
rait notre curiosité, ce sont les comptes
et les états de situation du deuxième
bureau du secrétariat-général. Avec
quelle avidité n'y chercherais-je point
les noms attachés à la délivrance des
ordonnances et mandats de paiement
sur le trésor royal et sur la caisse mu-
nicipale pour l'emploi des fonds généraux et communaux affectés aux dépenses de l'administration? avec quel esprit d'investigation n'étudierais-je point
la formation du compte annuel et celle

du budget! La ville publie ses comptes et son budget ; la police les garde secrets, et cela donne une terrible envie de voir son budget. J'en ferais bien un de fantaisie ; mais je craindrais qu'il ne fût au-dessous de la vérité. Ah! qu'un budget de la police doit être curieux !

Après le secrétariat-général, nos mœurs administratives devraient ménager une vaste place aux bureaux de la première division. Le premier de ces bureaux n'est pourtant point riche en attributions : il a simplement la surveillance de la maison de refuge et de tout ce qui peut être relatif *aux affaires secrètes des familles* ; mais il faut que vous sachiez que les bureaux les plus occupés ne sont pas ceux qui comptent le plus d'attributions ; une seule donne quelquefois plus de travail que mille autres ensemble. Or, je ne sais pourquoi je m'imagine que le détail de

tout ce qui est relatif aux affaires secrètes des familles doit être immense.
Quelle famille n'a pas des affaires secrètes? Quels soins, quelles ruses, quels
artifices ne faut-il pas employer pour
surprendre ces secrets de famille? Est-
ce la mission de simples agens qui, sous
des masques grossiers, parvenant à s'introduire dans votre intérieur, subtilise-
ront votre crédulité et feront la conquête
de votre confiance? Non, on les reconnaît à leur démarche équivoque, et à
leurs regards angulaires, à leurs redin-
gotes que le soleil et la pluie ont insul-
tées, à la canne de jonc que leurs mains
honteuses ont dépopularisée, enfin à une
allure générale qui imprime à toutes les
épaules le cachet de la profession, et à
laquelle les manières les plus nobles
ne sauraient échapper. Ce soin est-il
réservé à votre portier qui reçoit avant
vous vos visites et vos lettres, qui, peut-

être, cause avec celles-ci et décachette celles-là; ou à votre femme de chambre qui lit vos réponses et, à travers la porte, guette et recueille vos conversations? Cela ne se peut, car enfin on compte dans la capitale vingt-huit mille maisons et presque vingt-huit mille portiers, environ soixante ou quatre-vingt mille domestiques, et la pensée, comme les forces, se refusent à la possibilité de recevoir et de lire cent mille rapports pour se tenir au fait de tout ce qui est relatif aux affaires secrètes des familles. La police a apparemment ses sylphes et ses gnomes qui s'introduisent dans nos poches et dans nos goussets. Au moment où j'écris, je crois en apercevoir un qui, perché sur ma plume, prend à ma barbe copie de cette lettre qu'il aura fait connaître avant qu'elle ait vu le jour.

Dans cette première division, mon

attention s'arrête sur la bizarre diversité des attributions du troisième bureau. Il faut, sans contredit, à sa tête, un génie bien souple et d'une aptitude bien variée. J'y trouve l'exécution de lois relatives aux cultes; puis les travestissemens et les déguisemens; les suicides et les chanteurs, les morts accidentelles et les baladins, les cimetières et les saltimbanques; viennent ensuite les enfans morts-nés et les théâtres, les sépultures particulières et les feux d'artifice; enfin les inhumations et les maisons de jeux. Ces deux dernières attributions me semblent seules offrir quelque analogie. Nul assurément ne mérite mieux que le chef de ce bureau cette apostrophe du législateur du Parnasse :

Heureux qui...... sait d'une voix légère
Passer du grave au doux, du plaisant au sévère.

La deuxième division est chargée des événemens funestes, des désastres et des grandes catastrophes de la capitale; c'est la partie dramatique de la police. La méthode a prévalu de récompenser quelques hommes de lettres par des places de chef de division et de bureau; c'est assurément par les auteurs bien pensans du boulevart, par ceux dont les conceptions mélodramatiques nous épouvantent périodiquement sur les scènes criminelles de l'Ambigu et de la Gaîté, que je ferais diriger la deuxième division. Quelles inspirations ne puiseraient-ils pas dans les vols et les assassinats, les incendies à dessein prémédité, les empoisonnemens, les rixes, voies de fait et escroqueries; dans les rogneurs et altérateurs de monnaies! Quelles situations pathétiques ne rencontreraient-ils pas parmi les furieux trouvés sur la voie publique, les évadés des prisons

et les libérés des fers! Si ces victimes de
galères laissaient stérile la moisson dramatique, ils trouveraient sans doute à
glaner, à la suite du deuxième bureau,
dans les transféremens des prisonniers,
les extractions et le départ des chaînes.

Il me resterait à vous faire parcourir
les bureaux de la troisième division de
la police; mais ne craindriez-vous pas
de risquer votre robe blanche à travers
le balayage et le nettoiement des rues?
Seriez-vous de force à tenir tête aux
porteurs d'eau, aux ramoneurs, aux
charretiers, aux porte-faix et aux cochers de fiacre? Auriez-vous le courage
de me suivre dans les amphithéâtres de
dissections et dans les abattoirs, ayant
pour monture les chevaux morveux ou
autres quadrupèdes attaqués de mala-
dies contagieuses? Je vous en ferai grâce
ainsi que de la Morgue, des halles et
marchés, des vacheries, des porcheries,

et de beaucoup d'autres détails qui sont du domaine exclusif de la police.

Ce tableau abrégé des attributions d'une administration qui doit être gérée dans l'intérêt d'un million d'individus, suffit pour vous mettre à même de juger de la complication d'ordre et de surveillance à établir sur tous les points, et de l'énormité du personnel chargé d'y concourir. Le mérite du chef consisterait à rendre inaperçue la puissance d'action qui est à sa disposition par l'emploi sage et modéré de ses moyens de répression et d'espionnage, et à faire en sorte qu'ils secondassent au lieu de contraindre le mouvement général. C'est probablement dans ce sens qu'un ministre de ce département s'est rendu grotesquement célèbre, en comparant la police à une *goutte d'huile;* beaucoup de gens s'obstinèrent à chercher

dans la comparaison une signification
bien plus ordinaire, et à ne voir dans
cette goutte d'huile que la vertu d'imprimer, là où elle tombe, une vaste et
large tache.

SEIZIEME LETTRE

A MADAME.....

La vénalité. — Le tour du bâton. — Fièvre d'or et d'argent.
Ce qu'il faut de fortune pour être présentable. — Atelier
de décorations. — L'art du délai. — Les adjudications. —
Histoire du double fond. — L'usage. — Vingt-quatre francs
par tête de cheval. — Mise en vente d'un rapport confidentiel. — On marchande une note diplomatique. — Ex-
ploitation de l'arriéré. — Le trésor et ses agens. — Les
86 receveurs généraux. — Portraits des préfets, sous-préfets et des quarante mille maires. — Ce que coûte une
belle voix. — Vente des charges et des places. — Le vieillard de Galèse.

J'ABORDERAI aujourd'hui un sujet dont
va s'effaroucher votre délicatesse : je
vous parlerai de la *vénalité*, cette disposition des esprits à vouloir trouver
un but d'argent, une fin pécuniaire,

un moyen principal ou accessoire de
fortune, dans toutes les places, dans
toutes les situations administratives.
Cette tendance serait simple et naturelle si elle ne s'appliquait qu'au traitement et aux appointemens qu'il est
juste de grossir, d'arrondir autant qu'on
le peut; mais ce n'est point cette sorte
d'ambition qu'il faut entendre par *vénalité*.

Il est un certain nombre d'emplois
qui, indépendamment d'un salaire dé-
terminé et invariable, sont encore
rétribués par des primes ou des remises
accordées au zèle et à l'activité. On en
rencontre beaucoup de cette sorte dans
les finances; c'est même là ce que nos
pères entendaient par le *tour du bâton*.
Jusqu'ici, rien de mieux : on conçoit
en effet que la vigilance d'un douanier,
vigilance toute matérielle, doive être
excitée par une part quelconque dans

les saisies, afin qu'il en fasse le plus
possible; on comprend aussi qu'un gen-
darme reçoive vingt-cinq francs de récompense par tête de malfaiteur ou de
déserteur qu'il arrête ; mais ce qui n'arrive point à une intelligence droite et
loyale, c'est que des fonctionnaires
payés pour administrer, cherchent,
par des moyens indirects, à faire argent de leurs places. Eh bien! Madame, il en est de *gratuites* qui, grâce
au génie du siècle, rapportent plus
que des emplois rétribués.

Le dirai-je pourtant? la corruption
de nos mœurs administratives a peut-
être une déplorable excuse dans l'exemple des jeux de fortune que nos révolutions leur ont présentés. Il faut en
convenir : entre les deux époques de
1789 et de 1815 , c'est-à-dire pendant
trente ans, des événemens extraordinaires ont aventureusement déplacé

toutes les sources des richesses terri-
toriales, commerciales et industrielles.
Chacun a pu, au moins une fois, y
emplir son broc, comme aux vastes
fontaines que le luxe des anniversaires
érige à la soif populaire, où ce succès
est réservé au plus fort et au plus
adroit. Ces continuels spectacles d'opu-
lences improvisées, ces soudaines élé-
vations de fortunes de cinq minutes,
ont répandu dans les membres du corps
social une fièvre d'or et d'argent qui
inégalise et accélère encore ses pulsa-
tions. Cette fièvre s'est surtout attaquée
à l'administration qui, toujours exposée aux rappels, aux réformes, aux
retraites, aux congés illimités et à tous
les genres de disgrâces que les ministres
ont inventés, cherche à la hâte à se
créer des bien-êtres pendant ses courts
instans d'activité.

Voici un exemple qui vous appren-

dra à quel degré d'exagération se sont
élevées les idées de fortune parmi les
agens du pouvoir. Un bon proprié-
taire, père de famille, membre du
conseil-général de son département,
vient dernièrement à Paris, et va voir
un de ses parens, général, de retour
de la dernière guerre d'Espagne. Le
provincial, jeune encore et garçon fort
capable, parle du désir qu'il a de venir
s'établir dans la capitale, et, à la faveur
de ses relations et de son indépendan-
ce, de chercher là quelque position propre à améliorer son sort. — Mon ami,
dit le général, tu te flattes à tort de
pouvoir figurer et être produit dans
nos salons. — Comment? — Aujour-
d'hui, dans nos moindres cercles, on
ne fait aucune attention à l'homme
qui ne se présente point avec un commencement de fortune. — J'ai deux
cent mille francs! — Tu me fais rire,

reprend le général, de retour de la
Catalogne : on n'est plus présentable
nulle part à moins de cinq cent mille
francs.

Ce propos, qui n'est point de création, donne la mesure exacte des ambitions de fortune de nos fonctionnaires.
Vous frémissez à l'idée du grand nombre de dignes citoyens que cet insolent
discours met hors de la société. Ne
voyez-vous pas que cette effroyable li-
mite de cinq cent mille francs change
en ilotes les dix-neuf vingtièmes de la
population, qu'elle forme comme une
espèce de cordon sanitaire entre l'aristocratie des écus et la multitude d'hon-
nêtes familles dont l'honneur sait vivre
à moins d'un demi-million ? Hâtez-vous
de compter votre avoir, de faire votre
inventaire, et de reconnaître si vous
n'êtes pas, comme moi, du nombre de
ces parias qui ne sont point présenta-

bles, et dont la présence fait tache dans nos moindres cercles.

Voilà comment tous les cœurs administratifs ont été amenés à ne point palpiter pour moins de cinq cent mille francs ou d'un million. Jugez pourtant à quelle distance d'un pareil but se trouve placé le commis qui touche mille écus de traitement, le maître des requêtes qui en reçoit six mille? Comment y arriveront le conseiller-d'état et le général, à qui l'état fait douze mille francs; le préfet, qui en a trente, et le ministre lui-même, que la parcimonie royale a taxé à cent cinquante mille livres? Dans une situation sociale où la moindre considération s'exprime par le chiffre 500,000 fr., il sera presque de nécessité que certains fonctionnaires travaillent à tarifer les grâces, les faveurs, les délais, les promotions, les adjudications, les fournitures, les liquidations et les emprunts.

Les grâces et les faveurs? — Croirait-on jamais qu'elles eussent pu devenir un objet de négociation, et qu'une croix de chevalier de Saint-Louis ou de la Légion-d'Honneur dût avoir un cours comme le sucre et la cannelle? S'il faut ajouter foi à ce que des feuilles publiques ont raconté, des sous-ordres chargés de compter les blessures et les cicatrices, de mesurer le sang versé pour le prince et la patrie, auraient cherché dans des billets de banque des conclusions de leurs rapports. Vous reculez à la pensée des honteuses manœuvres que suppose cet atelier de décorations. Ne faudra-t-il pas abuser de noms illustres et fabriquer des recommandations? n'emploiera-t-on pas de vils courtiers pour faire les propositions, les débattre, et en recevoir le prix? Ce ne sera peut-être point, hélas ! la vigilance qui démasquera cette enchère de la signature royale. Le hasard, qui se plaît aux circonstances bizarres, aux événemens imprévus, découvrira seul ce qui aura échappé à l'œil d'un supérieur occupé d'autres soins; à l'acquéreur qui avait payé pour obtenir la croix de la Légion-d'Honneur, on expédiera par mégarde la croix de Saint-Louis, et sa stupide réclamation nous délivrera de cette manufacture de fortunes.

Le délai est, en administration, l'un des moyens les plus constans de gains illicites. Heureux le fonctionnaire qui connaît à fond l'art du délai! Ce que les intéressés souhaitent le plus vivement en affaires, c'est le dénoûment. Bien qu'il doive être heureux, la question de le hâter, de le rapprocher du moment présent est de premier ordre, et cette précieuse faculté est toujours

dans la main des administrateurs. C'est
d'eux qu'il dépend de faire aujourd'hui
ce rapport, ou de le renvoyer à la semaine prochaine, que dis-je? au mois
suivant. Leur vocabulaire est tout formé
pour justifier ces traîtres délais : ils sont
pressés; ils sont occupés de plus graves
intérêts; le ministre ne travaille point;
il est de conseil; ils ont demandé des
renseignemens, ils les attendent; le
préfet consulté ne répond point; on lui
écrira itérativement; il faut une en-
quête; il manque une pièce, etc. —
Nous ferions un volume de ces phrases,
dont chacune pourrait rapporter annuellement son million, et édifier deux
considérations de cinq cent mille francs.
Prenez un intéressé impatient de dénoûment ; mettez-le en point de con-
tact avec un administrateur avide d'une
considération moyenne, et vous con-
cevrez comment le délai peut s'escomp-

ter sur bordereau comme le papier de commerce, avec cette différence pourtant que le délai ne connaît point le joug de l'intérêt légal. C'est la circonstance et la cupidité qui règlent ses taux. Il a, comme la rente, sa bourse, ses agens de change, et ses coulissiers habiles à faire la hausse ou la baisse.

Mais les adjudications sont une base bien plus solide où s'élèvent subitement les fortunes administratives. C'est un moyen spécieux inventé par l'administration pour se mettre à l'abri de la cupidité des adjudicataires et de ses propres agens. Il conduit droit au but contraire à celui qu'elle se proposait d'atteindre. Elle fixe à l'adjudication un prix qui sert de point de départ aux acquéreurs appelés à surenchérir, et, pour s'interdire toute préférence, exige que leurs soumissions soient cachetées ; mais les bureaux qui adjugent savent à peu près ce que l'on veut obtenir, et leurs suggestions ne pourraient-elles pas tirer quelque heureux adjudicataire du vague affreux où le jette la concurrence? Celui-là seul aura *le mot* et frappera juste. Dans ces occasions, un mot, un seul mot se paie bien cher. Cent rivaux adresseront au ministre de timides soumissions où leur ignorante cupidité, craignant les périls de la surenchère, se tiendra trop voisine de la mise à prix; tandis qu'un rival fortuné, qui avait les accès et l'oreille des rédacteurs du cahier des charges, arrondira hardiment sa proposition et l'emportera sur ses aveugles concurrens. Dans ce cas-là, cinq centimes de plus suffisent pour assurer la victoire, et des millions sont le prix d'une opportune confidence. Pourtant est-il, en apparence, rien de plus franc, de plus loyal que cette manière d'opérer? Le secret des cachets a-t-il été violé? ne dépendait-il pas de chacun d'obtenir l'adjudication ? Voilà, comme sur la place publique, le joueur de gobelets retrousse ses manches en signe de fidélité ; vous ne croyez pas possible qu'il ait escamoté la muscade, et pourtant elle a passé inaperçue dans la poche du voisin.

L'on a eu récemment l'exemple d'une adjudication que j'appellerai l'adjudication *à double fond*. Le chef de l'administration, homme d'honneur et de probité, avait ordonné, pour plus de sécurité, que les soumissions non cachetées fussent déposées dans une boîte dont lui seul avait la clef. La construction de la boîte fut confiée à un mécanicien, dont un subordonné et un adjudicataire tentèrent la bonne foi. Il consentit à pratiquer dans la boîte un double fond dont il livra le secret, et, chaque soir, ces trois intéressés pre-

naient une exacte connaissance des propositions de leurs concurrens. La veille
du jour fixé pour l'ouverture des soumissions, ils en déposèrent une qui dé-
passait les autres de quelques centimes,
et ils obtinrent l'adjudication. Les récompenses, réglées d'avance, furent
délivrées : l'une d'elles, le croiriez-vous,
comportait, indépendamment des pots-
de-vin, un traitement fixe et annuel,
pour le fonctionnaire infidèle, pendant
toute la durée de l'adjudication. Je suis
heureux d'avoir à vous apprendre que
des discussions d'intérêt entre les fripons ont, depuis, fait découvrir l'indi-
gne moyen pratiqué pour surprendre
cette adjudication, et que la sévérité du
chef en a fait une prompte et exemplaire
justice.

Dans certaines fournitures, dans certains marchés, des primes, des rétri-
butions sont tacitement stipulées pour

les administrateurs chargés de régler les conditions. Ici la prévarication se déguise sous le mot *usage*. L'*usage* est une expression qui tient en paix certaines consciences administratives et les accommode, sinon avec le ciel, du moins avec les puissances de ce bas monde. L'*usage* fait des traitemens supplémentaires qu'il acquitte sans émargement et sans vérification incommode de la cour des comptes. Ce souverain des mœurs a établi, par exemple, que le gouvernement ne saurait confier un marché de chevaux à l'un de ses agens, sans qu'il revienne à celui-ci une indemnité de vingt-quatre francs par tête de cheval. Ce singulier usage fournira du moins à ma mémoire un trait de loyauté qui la soulagera du poids de cette épaisse atmosphère de cupidité : j'en ai été l'heureux témoin. Un général, dont la modestie souffrirait de voir son nom attaché à une

action que sa probité trouve toute naturelle, était chargé de conclure un marché de six mille chevaux. L'usage voulait
(il l'ignorait) que ce fût une occasion
de fortune. Les conditions sont débat-
tues, réglées, le marché rédigé ; et le
prix seul, laissé en blanc, allait être
rempli, lorsque le marchand de chevaux
glisse furtivement sur la table du général
un paquet de papiers soyeux et diapha-
nes. — Qu'est cela ? dit le général. — La
rétribution ordinaire, l'indemnité accou-
tumée. — Quelle indemnité ? — Environ vingt-quatre francs par cheval ou
150,000 fr. — Quoi ! vous pouvez !.....
— Mon général, *c'est l'usage.* — Vous
me vendiez donc vos chevaux 24 francs
de trop ? C'est 150,000 fr. à rabattre sur
le prix. « Et en effet le général se hâta de
diminuer le prix d'acquisition de cette
somme, qu'il obligea le vendeur à remettre dans son portefeuille.

Le monstre de la vénalité qui, aux temps ordinaires, rampe dans les bureaux de Paris et de la province, s'y promène tête levée et en triomphateur, lorsque vient à s'agiter dans les conseils une grande résolution militaire, politique ou financière; le monstre spécule sur le discours royal, sur les projets de loi, sur les emprunts, sur les préparatifs de guerre. Les intimités de cabinet mendient alors des interprètes parmi des amis, des parens, qu'on intéresse pour un quart, un tiers ou une moitié. Les beaux-frères, les cousins, les femmes mêmes, sont chargés d'entamer d'importantes négociations qui se traitent à l'Opéra, au bal, dans les salons. Là, les révélations administratives cherchent des acquéreurs parmi les banquiers français, juifs et anglais. Dans ces marchés qu'égaie l'orchestre de Collinet, une opportune communication rapporte une

maison de campagne, une dépêche télégraphique un hôtel à la Chaussée-
d'Antin. Entre une contredanse et une
partie d'écarté, on met en vente un rapport confidentiel, et l'on marchande
une note diplomatique. Une baisse ou
une hausse factice de quelques francs,
produite à la Bourse du lendemain,
paiera, aux dépens des fortunes privées,
les énormes droits de ces courtages d'indiscrétion.

Derrière les grandes mesures entreprises par les gouvernemens et payées
par les peuples, s'élève ordinairement
un *arriéré* dont la liquidation ne s'opère
que selon certaines règles, certaines formalités entièrement livrées au caprice
créateur de l'administration. Là, le liquidateur en chef est souverain absolu ;
il est libre, à la faveur d'une multitude
de subtiles entraves, de mettre en va-
riation et en fantaisie le thème minis-

tériel : il imagine des pièces à l'appui, des certificats, des légalisations ; il incidente sur des noms, sur des prénoms ; il impose des identités, des modèles et des formules ; il devient, en un mot, le pacha des créanciers. Ceux-là ne s'inquiètent plus que du soin de mettre à prix la signature du liquidateur et l'intercession de ceux qui la peuvent arracher. Son nom est bref et ne se compose que de cinq lettres ; mais chacune a son cours et sa valeur ; on se dit à l'oreille ce que coûte son double d, et quel rabais on peut espérer sur son paraphe. Ses enfans accordent des prolongations de délais, sa femme relève de la déchéance, et ses domestiques délivrent des bulletins de dépôt. Le portier lui-même entend la liquidation, et ce n'est point sans laisser quelque tribut dans sa loge que le créancier fera la conquête d'une ordonnance de paiement.

On vante notre système de finances,
et moi aussi j'y applaudis s'il n'est question que de l'ordre et de la perfection
de la comptabilité; mais ses moyens,
ses principes ont institué et régularisé la
vénalité parmi les agens. Les receveurs
et le trésor lui-même font la banque et,
par l'artifice des échéances, emprison-
nent la fortune commerciale dans des
délais bien plus chers que les anciennes
commissions de nos capitalistes de Paris, et de nos petits négocians de province; mais ce qui encourage surtout
la vénalité dans le mode de perception,
c'est le compte d'intérêts réciproque
ouvert entre le trésor et ses agens. Ceux-
ci visent à ce que ce compte d'intérêts
soit toujours en leur faveur et hâtent par
l'abus des sommations, et la menace des
garnisaires, le recouvrement des impôts.
L'argent, dont la présence est utile au
commerce et à l'agriculture, vient ainsi

se centraliser prématurément dans les coffres de quatre-vingt-six receveurs-généraux, et produire à leur profit des intérêts qui appartenaient aux industries privées. C'est une prime accordée à la rigueur des poursuites, une prime dont le secret est tout entier dans le vénal système de l'acquittement par douzième, qui amène la population à payer toujours d'avance, et sans escompte, les impositions de l'année courante. Ne soyez donc point surprise de voir des receveurs-généraux gérer mollement, du sein de nos spectacles, leurs opulentes recettes du midi et du nord de la France. Un commis à mille écus, chargé de procuration, met en mouvement, au chef-lieu, cette puissance productrice de l'or et de l'argent, et, quand ils affluent avec une abondance dont le trésor même n'a pas l'emploi, l'habile receveur, habitué de la bourse, place ce superflu sur

des reports qu'alimentent vos six premiers douzièmes acquittés dès le mois
de février. Voilà comme notre empres-
sement à payer nos contributions fournit à quelques-uns de ces messieurs des
berlines, des laquais, des cochers et des
maîtresses.

Cette soif générale d'argent, où quelques administrateurs se montrent hale-
tant et cherchant dans la poussière dés
dossiers des moyens de se désaltérer,
est un des plus tristes caractères du
siècle. Pourtant la muse comique y
trouverait à mettre en action des traits
dignes d'être livrés à la risée publique.

Vous dirai-je à quel singulier stratagème eut recours un administrateur
dont la fortune était à faire? C'était de
lui que dépendait la stabilité des préfets et de la plupart des agens civils.
Sa femme avait, dit-on, le talent de
la peinture ; sous ses heureuses mains ,

la toile reproduisait fidèlement les moindres traits du modèle, et, dans ce genre, ses pinceaux rivalisaient avec ceux des Robert Lefèvre et des Riese- ner. L'administrateur imagina de con- fier à sa femme le soin de peindre les préfets de trois ou quatre de nos plus gros départemens. La ressemblance était parfaite; les portraits richement encadrés furent suspendus dans le sa- lon. Monsieur et Madame résolurent alors d'inviter à dîner tous les préfets que la crainte ou l'ambition amenaient à Paris. De la salle à manger on passait au salon où chaque préfet, frappé de la ressemblance, s'écriait: Eh mais! c'est mon collègue du Nord ; c'est mon collègue des Bouches-du-Rhône! — En effet, ma femme l'a pris au moment où il préside le conseil de recrutement. — Quoi! c'est madame?... — Oui, monsieur. — Si j'osais...—Quand vous

voudrez. On fixait alors l'heure et le
nombre de séances, et l'on se gardait
bien de mettre au talent de l'artiste un
prix qu'on abandonnait à la générosité
et aux espérances du modèle. En moins
d'une année la peinture fut redevable à
la femme de l'administrateur d'une
galerie complète des préfets de la France, reproduits selon la variété de leurs
attributions; l'un était représenté rê-
vant un projet d'arrêté, l'autre ouvrant
une dépêche ministérielle, un troisième
frappant une réquisition, un quatrième
présidant le conseil-général. L'ambition des sous-ordres, cherchant à son
tour des moyens d'avancement dans
cet atelier de physionomies administratives, les cinq cents sous-préfets vin-
rent successivement solliciter la faveur
du portrait, et les quarante mille maires allaient commencer à la briguer,
lorsque éclata une révolution qui altéra

toutes les figures de ce vaste personnel,
au point de les rendre méconnaissa-
bles, et d'obliger l'administrateur et
sa femme à chercher d'autres modèles.

Peut-être pardonnerait-on au siècle
sa vénalité, si la contagion n'avait pas
pénétré jusque dans les consciences ;
mais les consciences se vendent comme
les portraits. Oui, madame, on vend
ses opinions, on vend ses discours, on
vend ses homélies, on vend ses écrits. La
pensée tient boutique : elle a ses éta-
lages, ses enseignes et ses prix fixes.

C'est ici le cas de soustraire la province au joug d'un préjugé, sous la
tyrannie duquel l'ont placée nos plai-
santeries de journaux : on y croit,
parce que de malignes feuilles l'ont
proclamé, qu'on obtient tout pour un
dîner. Nous autres puissans, nous ne
sommes point assez sots pour nous
donner à si bon marché. Ne croyez

pas sérieusement qu'une place soit le prix d'un pâté de bécasses, ni qu'un vote se laisse aller au fumet d'un faisan doré, ou à l'ambroisie d'une truffe. Ces pompeux repas, dont on fait tant de bruit, sont simplement les bazars où se discutent les traités. La province doit comprendre cela ; c'est elle, surtout, qui termine dans les temples élevés à Bacchus, les marchés qui livrent aux spéculateurs ses grains, ses vins et ses bestiaux. Nos dîners de Paris sont, pour l'achat des consciences, ce que sont les cabarets du département pour les marchés de bœufs et de moutons. Quant aux prix, ils sont plus élevés, beaucoup plus élevés qu'on ne le pense, et il est telle voix qui chante moins bien que celle de Martin et de madame Pasta, qui, pourtant, a coûté plus cher au ministère.

Nos anciens rois (je ne saurais vous

dire lesquels, on n'est pas d'accord là-dessus) établirent la vénalité des charges. Ils manquaient d'argent et il en fallait trouver ; un ministre, homme à ressources, imagina de mettre à prix tous les emplois que distribue le pouvoir royal, et comme il n'y avait pas là de chambre des pairs pour faire majorité contre la mesure, elle passa. En payant, les acheteurs acquirent le droit de revendre leur charge, et le roi percevait encore, dans ces occasions, un droit de mutation. Vous savez que ce n'est plus comme cela : le roi vous nomme pour rien, et les ministres vous destituent gratis. Pour parer à cet inconvénient et se prémunir contre les dangers d'une réforme, quelques fonctionnaires ont imaginé de rétablir, de fait, ce qui a été supprimé de droit, la vénalité des charges. Par exemple, votre frère est receveur d'arrondisse-

ment ; le *Moniteur* lui paraît s'ouvrir
à un autre ministère, et il ne veut pas
courir les périls d'une destitution ; il
se rend à Paris, obtient une audience,
fait comprendre qu'il se retirerait vo-
lontiers et qu'il résignerait son emploi,
moyennant un dédommagement honnête. Sur-le-champ, dix acquéreurs se
présentent, et il fait agréer celui qui
lui offre le plus large pot-de-vin. Ces
arrangemens sont aujourd'hui très-
communs. Pour les conduire à bien,
il suffit de l'entremise d'un chef de
division qui, dans un rapport moel-
leux, sache bien établir que votre
compère, ou, si vous le voulez, votre
successeur, est bien portant et capable,
tandis que vous tournez à la maladie
et à l'imbécillité. L'argent une fois
touché, vous vous remettez à chasser,
et à faire de l'esprit, si vous pouvez.

Il est de dignes administrateurs qui

ne souffriraient pas que la vénalité se
produisît chez eux, tenant à la main
de l'or et des billets de banque : ce
spectacle révolterait leur délicatesse;
mais ils pensent que la reconnaissance
a pour se manifester des moyens que
la sauvagerie et le cynisme administra-
tratifs pourraient seuls repousser. Leur
intégrité et leur bonhomie ne se font
point scrupule de tendre aux métaux
une main hospitalière, lorsque les
beaux-arts se sont chargés de les mé-
tamorphoser en objets gracieux ou uti-
les : ils tiennent à ce que la vénalité
emprunte le secours du bijoutier, de
l'orfévre, du ciseleur. La main-d'œuvre
purifie tout. Parmi ces bonnes gens,
il s'en trouve quelquefois de si confians,
de si naïfs dans cet accommodant système, et qui y mettent tant de bonne
foi, que chez eux le cadeau est un vieil
ami, une personne de connaissance, à

qui la porte est constamment ouverte,
et dont le couvert est toujours mis.
Cette bienveillante disposition d'esprit
se communique à la femme, aux enfans, aux domestiques. J'ai connu un
administrateur digne de servir à tous
de modèle par le protectorat qu'il ac-
cordait au commerce et aux beaux-arts.
Chez lui, rien n'était acheté : les gros
meubles, les ornemens de cheminée
semblaient avoir choisi eux-mêmes
leur place avec grâce et précision dans
des gîtes pratiqués pour les recevoir.
Des schalls cossus tombaient miraculeusement sur les épaules de madame,
et des tailleurs inconnus façonnaient
pour monsieur un drap de pur vigogne
dont il ne savait point la valeur. Des
pendules, sorties sans son ordre des
ateliers d'Odiot, sonnaient pour lui
l'heure du bureau, et, quand elles
marquaient l'instant plus heureux du

retour, un repas sans facture, où figu-
raient le pâté de bécasses et la terrine
de foie gras, était distribué pour toute
la famille dans une vaisselle plate dont
elle ignorait le poids. C'était, au milieu des siens, le fortuné de Virgile, ce
vieillard de Galèse, chargeant sa table
de fruits non achetés,

Nocte domum dapibus mensas onerabat inemptis.

Ce qui vous surprendra, c'est que
ce bon administrateur avait trouvé le
moyen de faire tourner cette variété
de cadeaux au profit de l'ordre et de
la prompte expédition de son travail.
Chez lui, disait-il, il se croyait encore
au milieu de ses bureaux, et chaque
objet lui rappelait un rapport, une circulaire, une lettre, un mémoire, un
carton. En tirant sa montre, il pensait
tout à coup à une liquidation arriérée
qui réclamait sa matinée du lendemain ;

en frappant les touches légères d'un piano d'Erard, Amélie, l'aînée de ses filles, lui disait allégoriquement : « Pa- » pa, n'oublie point la réclamation d'a- » vant-hier. » Ses tapis, son lit, sa bibliothéque, tout lui rappelait ses devoirs, ses obligations, et il les remplissait avec un zèle vraiment exemplaire. Il est mort, et j'ai su de sa femme inconsolable que les frais de sépulture étaient les premiers auxquels elle ait eu à pourvoir depuis que son mari était en place.

DIX-SEPTIÈME LETTRE

A MADAME......

—◄—

Travail intérieur. — Mille dépêches par jour. — Non lues, mais enregistrées. — Singulière cause de succès du retour de l'île d'Elbe. — Dépêches en vingt paquets. — Sommeil de 48 heures. — La peste va son train. — Distribution. — M'en parler. — Les individus. — Moment critique pour le solliciteur. — Sa demande égarée. — Les dépêches vont être lues. — *Classé*, mot funèbre. — Division des fonctionnaires, 1°. en *écrivassiers*. — 2°. en *innovateurs*. — 3°. en *épilogueurs*. — Recette pour conserver sa place. — Corne à la dépêche. — Sous-chef correcteur. — Troubles à l'occasion d'une question grammaticale. — Expéditionnaires. — Commis d'ordre. — Formation d'un portefeuille. — Ce n'est plus cela. — Félicitations. — Cousin du ministre. — Contr'ordre.

LORSQUE j'ai quelque chose à solliciter de vous, je vous écris, et, une heure après le départ de mon billet, me parvient

votre réponse où je trouve une solution
claire et précise. Vous concevez mal
comment les ministres sont moins ex-
péditifs que vous, surtout lorsque vous
considérez qu'ils ont des milliers de bras
à leur service, et que vous n'en avez que
deux; en effet, pourquoi attendez-vous
un mois, deux mois même, la réponse
que vous espérez de Son Excellence?
Pourquoi, quand elle n'a à vous écrire
que *oui* ou *non*, vous oblige-t-elle à
venir, chaque semaine, user la dalle des
antichambres de ses chefs de division,
et sourire gracieusement à leurs garçons
de bureaux? Vous allez le savoir. Ce
que je vais vous apprendre restera, je
l'espère, comme un petit cours de travail intérieur des ministères.

Chaque jour mille dépêches, partant
de mille points différens, sont adressées
à chaque ministre. Vous imaginez que
le soin le plus pressant, lors de leur

rrivée, est de les lire et de prendre connaissance de leur contenu? Point du
tout : l'affaire urgente est d'appliquer
à chaque dépêche un numéro d'enregistrement; c'est la besogne d'un ou de plusieurs commis qui ne croient pas qu'une
lettre au ministère puisse avoir vie, si
elle n'a point reçu de leurs mains ce qu'on
appelle *un numéro d'ordre*. Supposez
donc qu'un préfet ou un général, le cœur
palpitant d'impatience et d'inquiétude,
écrive au ministre :

« Monseigneur,

» Je m'empresse de prévenir Votre
Excellence qu'un soulèvement vient
d'éclater à..... Il est nécessaire que
vous fassiez partir en poste deux bataillons d'infanterie, quelques compagnies d'artillerie, etc. »

Ne pensez pas que la lettre soit com-
muniquée en toute hâte au ministre, ni

que l'estafette du même jour porte la
réponse. Le chef de bureau des dépêches
ouvre le paquet qui porte cette fatale
nouvelle. Son œil paisible et débonnaire
ne voit là, comme de coutume, qu'un
morceau de papier commençant, ainsi
que tous les autres, par *monseigneur*, et
finissant par *j'ai l'honneur d'être avec
un profond respect*; il le pose gravement à son rang, taille sa plume, met
ses lunettes, enregistre lentement les
neuf cent quatre-vingt-dix-neuf dépêches qui précèdent celle-là; il y
applique enfin à son tour, mais seulement à son tour, le numéro d'ordre
obligé. Si quelque main hâtive ou brouil-
lonne s'avisait de venir réclamer cette
lettre avant qu'elle eût reçu le chiffre de
la série, le chef du bureau des dépêches
crierait à l'anarchie, à l'usurpation, et au
bouleversement de toutes les idées d'ordre. Vous concevez que pendant qu'il

aille sa plume, met ses lunettes, enregistre et numérote, l'insurrection va son
rain. Rassurez-vous : la ville seule de
Thouars sera prise ; mais si l'usage administratif eût voulu deux numéros au-
ieu d'un, nul doute que Saumur eût été
importée.

Je vois déjà votre imagination vaga-
bonde se livrer à de téméraires présomp-
tions : vous vous demandez si le retour
de l'île d'Elbe et le 20 mars ne sont pas
l'ouvrage de quelques commis à lunettes, de quelque intrépide *enregistreur*
qui aura voulu numéroter à toutes forces la lettre d'avis du maire ou du sous-
préfet de Cannes ? Je n'ose prononcer ;
mais cette conjecture n'est assurément
pas la plus déraisonnable de celles que
nous avons entendu faire sur le succès de
la gigantesque entreprise de Napoléon.

Après deux ou trois jours de présence
au secrétariat, les mille dépêches nu-

mérotées sont divisées en une vingtaine de paquets (autant qu'il y a de bureaux) et envoyées à chaque directeur.

La perspective d'un nouveau sommeil de quarante-huit heures attend ces dépêches sur les canapés des trois ou quatre directeurs. Voilà bien, indépendamment des délais du voyage, quatre mortels jours écoulés sans que personne ait pris lecture des avis pressés, des questions graves, des communications importantes que les fonctionnaires ou les administrés adressent à Son Excellence.

Arrêtez un moment votre attention sur la singularité de cette situation, et représentez-vous par la pensée ces mille fonctionnaires ou ces mille intéressés qui ont écrit au ministre de tous les points de la France pour le prévenir qu'un service souffre, ou qu'un bâtiment tombe en ruine, ou que les habitans se battent avec la garnison, ou que la peste est aux frontières; représentez-vous, dis-je, ces mille fonctionnaires persuadés qu'on examine leurs doléances, que l'on agite les moyens de porter remède à leurs maux, et que le conseil d'État convoqué extraordinairement est déjà en travail. A quelle erreur ils se livrent! les mille dépêches entassées dans leurs chemises numérotées font montagne sur les fauteuils des directeurs; la peste va son train; une bise salutaire en arrêtera les progrès, avant qu'arrive l'ordre inutile de former un cordon sanitaire.

Cependant le directeur, effrayé de l'élévation croissante des dépêches, et décidé à se débarrasser, se détermine un jour à attaquer ces énormes piles où peut-être est enfouie une de vos pétitions. Votre pauvre petit cœur bat soir et matin dans l'inquiétude du sort de ce cher placet. Était-il rédigé convenablement, poliment? Avez-vous bien dit tout ce qu'il fallait dire? Le ministre ne sera-t-il pas choqué de cette expression vive qui termine votre dernière phrase?..... Rien de plus vain que ces soins dont vous vous occupez. Vous allez voir quelles destinées sont réservées à votre demande.

Le directeur fait la distribution des dépêches nonchalamment couché dans son large fauteuil, la tête appuyée dans la main gauche, ouvrant une bouche que contractent d'immenses bâillemens. Il regarde à peine chaque dépêche que de la main droite il renverse l'une sur l'autre. Pourtant si la signature de quelque préfet ami, de quelque général compagnon d'armes, de quelque receveur-général camarade de collége, si des noms surtout que l'intérêt ou l'ambition lui recommandent viennent frapper ses regards, il les soustrait à ce chaos où la confusion les menace; il fait une corne à ces dépêches privilé- giées, et de sa main directoriale y in- scrit ces mots impératifs : *M'en parler.*

Quant aux dépêches signées de ce qu'on appelle dans les bureaux *indivi- dus*, la règle suprême est de n'y ja- mais faire attention. Il est contre la hiérarchie qu'un administré, un sim- ple citoyen s'adresse au ministre : c'est au moins au sous-préfet ou au préfet qu'il doit soumettre sa dèmande. Tou- tes les pétitions des particuliers aux ministres sont presque toujours clas- sées, encartonnées sans lecture, sans examen, attendu qu'un ministre n'a pas le temps de s'occuper des *indivi- dus* : ce n'est pas pour un pareil soin qu'il reçoit cent cinquante mille francs de traitement.

Trois ou quatre jours suffiront au

directeur pour cette distribution qu'in-
terrompent quelques audiences, les
heures du déjeûner et celles d'un sommeil trop justifié par la demi-lecture
de quelques lettres de préfets. Il finit
pourtant; un coup de sonnette des plus
vifs avertit les garçons de bureau de
venir chercher les dépêches; le directeur ordonne qu'elles soient portées à
chacun des chefs de bureau.

Je vous demanderai la permission
de suspendre ici ce travail, quelque
lentement qu'il marche, pour vous faire
remarquer qu'il n'est pas de moment
plus critique pour le solliciteur que celui où nous voilà parvenus. Exemple :
votre lettre au ministre est partie de
Bordeaux il y a vingt jours. Vous n'a-
vez pas reçu de réponse, et la quinzaine
expire; vous vous êtes mis en route.
Vous voilà à Paris où, votre étoile vous
accompagnant, vous avez le bonheur

d'arriver un jour d'audience. Vous allez droit au bureau qui concerne votre demande, et vous en demandez impatiemment des nouvelles au chef. « Je ne l'ai point reçue. — Cherchez, monsieur, je vous en prie. — Oh! rien ne s'égare ici; je ne l'ai point reçue, vous dis-je; voyez au secrétariat-général, bureau de l'enregistrement des dépêches. »

Vous y courez, et après maintes recherches, on vous répond là que toutes les distributions sont faites, que votre lettre doit être au bureau compétent. « J'en viens. — Retournez-y. — De retour, le même chef qui vous a déclaré que rien ne s'égare, fait des efforts de mémoire, et, de l'accent d'un Newton qui viendrait de trouver l'attraction, vous dit : Ah!.. elle est peut-être encore, non distribuée, dans le cabinet du directeur. — Voyez, monsieur, je vous en conjure. — Il n'aime pas à être dérangé ; mais je vais tenter.....» Le directeur peste en effet contre l'importun et s'écrie avec colère : «Vous voyez bien que je n'ai rien à distribuer ! » On conseille alors au pauvre solliciteur, accouru en poste de Bordeaux, de recommencer sa demande, si miraculeusement égarée dans des bureaux où rien ne s'égare. — Le croirez-vous? il n'arrive à personne de songer qu'en ce moment la malheureuse demande traverse la cour sur les crochets de l'un des garçons de bureau à qui le directeur vient de faire la distribution des dépêches.

Huit jours ont déjà passé; mais enfin les garçons de bureau viennent de remettre les dépêches aux mains de chacun des chefs. Voici l'instant où elles vont commencer à être lues.

On devrait n'admettre que des hommes très-capables dans les emplois de chefs de bureaux. Ce sont eux qui indiquent comment une affaire doit être traitée, quelle direction il convient de lui donner ; c'est là qu'est le vrai point d'impulsion, la force motrice administrative. Malheureusement les hommes capables sont rares. Un ministre nous a déclaré à la tribune qu'il n'en avait pu trouver un seul pour diriger les approvisionnemens de l'armée d'Espagne. Vous concevez dès lors qu'il n'est point facile d'en donner un à chaque bureau.

Ces chefs, bons ou mauvais, annotent les dépêches qui leur paraissent exiger un travail ; ils y inscrivent le nom du commis-rédacteur auquel ils désirent qu'elles soient remises, et le sommaire de la réponse à faire. Si la question qu'on élève n'est point prévue par les règlemens, le chef de bureau

exprime qu'un rapport au ministre doit
être préparé. Sur la plupart des dépêches il écrit ce mot : *Classé*, qui
signifie *rien à faire*. Ce mot funèbre
est celui qui étouffe perpétuellement
les demandes de places, d'avance-
mens, de décorations, les plans nouveau - nés d'améliorations, d'innova-
tions, etc.

Cette première lecture faite, huit
jours après l'arrivée des dépêches, est
une terrible épreuve pour les fonctionnaires des départemens : elle donne
la mesure exacte de ce que valent ces
messieurs qu'on a bientôt caractérisés
d'un seul mot : les uns sont ce qu'on
appelle *écrivassiers* ; c'est la maladie
la plus commune et la plus dange-
reuse pour un fonctionnaire de département ; il harasse les bureaux ; on ne
trouve que lui dans les cartons ; son
inévitable nom alourdit tous les dos-

siers. Chaque commis nourrit contre sa personne des idées de vengeance, et malheur à lui si le hasard leur fournit des occasions ! D'autres sont *innovateurs* : ils adressent des mémoires, des projets de règlemens ; ceux-là sont en horreur aux chefs de bureaux, qui ne veulent essentiellement que deux choses, leurs routines et leurs appointemens. Beaucoup d'autres sont *épilogueurs*, et suspendent l'exécution des instructions jusqu'à ce qu'on leur ait fait connaître s'il ne convient pas de mettre une virgule après le premier membre de phrase de la dernière circulaire. Ces divers caractères que les causeries de bureaux rendent bientôt publics, sont des causes fort actives de mutations et de destitutions. Le fonctionnaire qui veut rester en place doit avoir pour règle invariable d'écrire le moins possible, de fuir les objections,

d'exécuter passivement les circulaires,
et d'envoyer très-exactement les états
de situation, les modèles et les comptes
qu'on lui demande, quelque absurdes
qu'ils soient, cela sans réflexion, sans
commentaire. Un préfet est encore debout, qui a commencé avec l'organisation des préfectures ; il a résisté à toutes
les catastrophes ; son secret, le voilà :
sa correspondance de vingt ans de durée s'est toujours bornée à ceci :

« Monseigneur,

» Votre Excellence , par sa lettre
» du...., m'a fait l'honneur de me de-
» mander..... Je m'empresse de lui faire
» cet envoi entièrement conforme, etc.

» J'ai l'honneur d'être avec respect,

Le préfet du département de.....

Ce protocole bien appliqué équivaut
à une place à vie. J'ai fait durer bien

long-temps des-fonctionnaires en leur donnant ce conseil qui a fourni d'incroyables exemples de longévité.

Un chef de bureau ne se permet guère de garder plus de deux jours les dépêches à mettre au travail, de sorte qu'elles n'ont réellement que dix à douze jours d'arrivée quand elles tombent aux mains du commis-rédacteur ; si c'est une lettre qu'il doit faire, nous irons vite ; si c'est un rapport, je n'ose dire où cela nous conduira.

Docile à la note que le chef de bureau a mise sur la corne de la dépêche, voilà le commis-rédacteur aux prises avec le préfet, ou avec le général, ou avec le procureur du Roi. Là, ce génie à dix-huit cents francs se donne carrière, et, parlant tour à tour au nom du Roi et de Son Excellence (qu'il n'a jamais vus), s'évertue à renforcer sa petite volonté bureaucratique des volontés de

Sa Majesté et de celle de Son Excellence.
Ces premiers jets de rédaction manquent presque toujours de clarté, de
convenance et de précision. Ils sont
remis, chaque semaine, au *sous-chef*
du bureau chargé de les corriger; voici
donc huit jours encore ajoutés aux douze
jours précédens, et, si je sais bien compter, vingt grands jours que le fonctionnaire attend une réponse.

Le sous-chef a l'esprit juste ou faux;
il se laisse arrêter au fond ou à la forme;
il bataille avec le commis-rédacteur qui
défend son style et son opinion; l'entêtement s'en mêle; le sous-chef en appelle à Philippe à jeun; et tout recom-
mence à languir à ce nouveau point
d'arrêt.

J'ai connu un sous-chef qui se piquait
d'être excellent grammairien. Une dépêche télégraphique ayant annoncé que
pes troubles venaient d'éclater dans la

Flandre, le préfet demandait de promptes mesures, et le ministre un rapport. Le commis-rédacteur cherchant à développer les premières conséquences de ces troubles, avait employé cette expression : *il en est résulté*, etc. Le sous-chef prend la plume pour corriger, et déclare qu'il faut *il en a résulté*. Le commis soutient son *il en est*; le sous-chef défend son *il en a*; les employés prennent parti pour et contre; la querelle est portée devant le chef de division, qui malheureusement était incompétent; elle gagne les autres bureaux et allait occasioner, au sein même du ministère, des troubles non moins sérieux que ceux de Flandre, lorsqu'on apprit par le préfet que la garde nationale venait de rétablir l'ordre et la paix, ce qui rendit sans objet le rapport et laissa sans solution la difficulté du *il*

9*

en est et du *il en a* que je renvoie à l'A-
cadémie.

Je veux que les corrections du sous-
chef n'entraînent qu'un retard de quatre à cinq jours. Voyons quels sont les
nouveaux délais dont nous sommes
menacés.

Le commis - rédacteur n'a préparé
qu'en *minute* la réponse à vous faire ;
elle doit rester au ministère comme
archive. Des expéditionnaires sont chargés de copier ces minutes, c'est-à-dire
d'en tirer les lettres qui doivent aller à
la signature de Son Excellence, et
comme ils n'ont aucune bonne raison
de se presser ; que d'ailleurs le portefeuille de telle ou telle direction n'est
présenté à la signature du ministre que
deux fois par semaine, vous trouverez
encore ici une demi-semaine à ajouter
aux vingt-cinq jours qui précèdent.
Nous voilà à un mois de distance de

l'arrivée de la lettre à laquelle nous devons réponse.

Poursuivons : ces réponses du ministre, rédigées, corrigées et expédiées, sont enfin remises à un commis qu'on appelle d'*ordre*, chargé de préparer le portefeuille qui se compose de deux chemises, dont une contient les rapports au ministre, l'autre les lettres que Son Exc. doit signer. Ces chemises ou *feuilles de signature* reçoivent l'analyse de chaque affaire. Ce travail, qui ne laisse pas d'être long, et qui est ordinairement confié à un seul commis, oblige souvent à reporter les dossiers d'une signature à une autre; nouveau délai. Cependant le portefeuille est préparé, et il est remis au chef de bureau qui l'examine.

Rappelez-vous que le chef de bureau a perdu de vue, depuis un mois, les affaires qu'on va lui représenter; il avait

donné des directions, des solutions;
mais un mois a pu amener (surtout
dans les temps où nous vivons) d'autres
principes, d'autres règles. Dans ces cas
très-fréquens, il retire du portefeuille
la réponse ou le rapport expédiés, et,
d'un trait de plume irritée, y trace ces
mots : *Ce n'est plus cela.*

Le *ce n'est plus cela* a trouvé, dans
ces derniers temps, de bien bizarres
applications; il va fréquemment dés-
espérer ces vieux commis-rédacteurs
pour qui les temps et les jours se res-
semblent, et qui vivent sous le joug
des habitudes et du protocole. Quand
une révolution finit et que l'autre com-
mence, il y a un instant où elles exis-
tent toutes deux à la fois : ce phénomène fut surtout sensible lors de la
première restauration. Tandis que des
préfets hâtaient encore pour l'empire
expirant les levées de conscrits, de

garde d'honneurs, de gardes nationales, quelques autres déjà formaient
des régimens royaux, et le ministère
recevait à la fois les dépêches empres-
sées et les états de situation des uns et
des autres. Ainsi leurs Excellences ou-
vraient, dans la même journée, une
lettre où l'on écrivait :

« Les soldats de tel régiment ont
» prêté serment de fidélité au roi. On
» en a formé trois compagnies. Votre
» Excellence peut donner à Sa Majesté
» l'assurance qu'elle n'aura jamais de
» troupes plus fidèles, etc. »

Et, à côté de cette lettre, les ministres en décachetaient une autre ainsi
tournée :

« Le bataillon de garde nationale qui
» vient d'être organisé s'est mis en
» route aux cris répétés de *vive l'empe-*
» *reur!* Votre Excellence peut donner
» à Sa Majesté l'assurance qu'elle n'aura

» jamais de troupes plus fidèles, etc.

Les vieux commis-rédacteurs avaient encore sur leurs tables quelques-unes de ces dernières lettres, lorsque leur parvenaient déjà les premières, où les chefs de bureaux inscrivaient à la corne, *félicitations*. Plusieurs confondant alors, par négligence ou paresse, les règnes et les dynasties, minutaient passivement des *félicitations* également vives, également énergiques pour le préfet impérial; quand le chef de bureau les apercevait, elles étaient arrêtées au passage par un vigoureux *ce n'est plus cela*; mais beaucoup, qui échappèrent à la vigilance des chefs de bureaux, ont fait très-gratuitement à certains ministres des réputations de traîtrise qu'ils n'ont jamais méritées.

Vous comprenez où le *ce n'est plus cela* menace de rejeter les affaires; il oblige à tout recommencer; mais supposons que le chef de bureau ne trouve que peu à reprendre au porte-feuille; il ira immédiatement le sou-mettre au directeur, la veille du jour de travail de celui-ci avec le ministre.

Durant ces deux heures de travail avec les chefs de bureau, le directeur ordinairement ne s'occupe guère de savoir si chaque lettre est pensée se-lon la loi, selon les règlemens, ni si elle conclut dans le sens d'équité et d'in-térêt général; c'est là l'affaire des sous-ordre; sa grande sollicitude s'exerce à examiner si tout est rédigé selon les vues particulières et les petites passions qu'il suppose à Son Excellence. « Pour-quoi écrire d'un pareil ton à ce rece-veur général? — Il est toujours débiteur du trésor. — Eh bien! qu'est-ce que cela dit? — Vous m'avez donné l'or-dre de gourmander tous ceux qui sont en arrière. — Sans doute; mais ne voyez-vous pas de quel département est celui-ci? — Oui, monsieur. — Cela ne vous dit rien? — Absolument rien. — Alors, voyez donc le nom du receveur-général...... — Il ne m'en dit pas davantage. — Malheureux! il ne vous en dit pas davantage!..... C'est le cousin du ministre. Déchirez cette lettre, et attendez qu'il plaise à ce receveur général de se mettre au courant. »

Par cet exemple jugez de l'importance et de l'utilité du contrôle de MM. les directeurs. La plupart visent à se faire passer pour grands travailleurs; les rapports rédigés par leurs commis servent merveilleusement bien cette prétention : rarement ils en laissent passer un sans y inscrire de leur main quelque conclusion toute semblable à celle du rapporteur; ils veulent que sur ces dossiers le ministre voie leurs traces, et que Son Excellence se persuade que

cette sage proposition ne peut être
sortie que de leur cerveau.

Nous voilà entrés dans le deuxième
mois de l'arrivée des dépêches; mais
notre travail est fort avancé, puisque le
directeur tient le portefeuille, et ira dès
demain le présenter à la signature de
Son Excellence. Malheureusement il
advient souvent qu'à ce point de matu-
rité le ministre fait donner contre-or-
dre au directeur, et renvoie la signature à la semaine suivante. Cela arrive
si le ministre est de conseil, s'il donne
un dîner diplomatique, si sa femme,
ses enfans ou son singe sont malades.
Celui qui attend une réponse doit cal-
culer tout cela. Ces diverses chances
balancées, il faut considérer qu'elles
ajoutent, terme moyen, une grande semaine au mois déjà écoulé.

Le ministre travaille pourtant, et
l'huissier vient d'annoncer le directeur,

qui est introduit, ayant sous le bras le portefeuille où se trouve le projet de la réponse que vous attendez depuis six semaines.

Vous croyez que le travail des ministres avec les directeurs est un moment bien grave, que rien n'est plus sérieux, ni plus solennel? Ordinairement, ce travail se fait sans plus d'importance que le règlement de vos comptes avec votre femme de ménage. «Mais les préfets, les receveurs-généraux et les procureurs du Roi attendent nos réponses. — Je ne vois pas, dès lors, la nécessité de nous presser : puisqu'ils ont patienté six semaines, ils patienteront bien encore quinze jours. » Ma prochaine lettre vous fera assister au travail du ministre avec le directeur : vous apprendrez avec quelle facilité, quelle aisance on prononce sur les destinées de trente millions d'hommes. On se plaint que

les sujets manquent à la scène française ? S'il était permis d'y transporter
le travail des directeurs avec les ministres, ou aurait à offrir vingt bonnes
comédies à M. le vicomte Sosthène de
La Rochefoucault.

N°. XVIII. — 26 *décembre* 1824.

DIX-HUITIEME LETTRE

A MADAME.

Travail du directeur et du ministre. — Discussion d'un projet de loi. — As-tu déjeuné, Jacquot? — La clôture. — Éducation secrète.—Six mois d'emprisonnement. — Cinq minutes de pénitence. — Jocko et Polichinelle.—Soixante employés mis à la porte. — Mlle. Julie conservée. — Choix d'un spectacle. — Lettre à un préfet. — Jocrisse — Lettre au ministre de l'intérieur. — L'homme automate. — Lettre au ministre de l'instruction publique. — Les deux précepteurs. — Le Diorama.

UNE séance de travail avec le ministre se passe, comme je vous l'ai dit, sans plus de solennité, sans plus de contrainte, que le règlement de vos petits comptes avec votre cuisinière.

C'est du dialogue tout simple, tout naturel, souvent interrompu comme chez vous par des nécessités de ménage; c'est une conversation familière où la prose de M. Jourdain est mise en pleine activité. J'ai travaillé avec plusieurs ministres, et puis vous donner une idée de ces séances. Pour vous la présenter juste et vive, je mettrai les personnages mêmes en action.

Il est dix heures du matin; c'est le moment du travail du ministre avec le directeur : celui-ci arrive, monte le premier étage, suivi d'un garçon de bureau porteur d'un grand portefeuille où se trouvent,

Un projet de loi,

4 rapports,

450 lettres à signer pour divers fonctionnaires qui attendent les réponses depuis quarante jours.

L'un des huissiers va au-devant du

directeur, et lui dit tout bas que Son Excellence paraît fort occupée, qu'elle n'a pas encore sonné une seule fois.

LE DIRECTEUR (à demi-voix).

A-t-elle donné contre ordre?

L'HUISSIER.

Non.

LE DIRECTEUR (hésitant).

Alors..... annoncez-moi.

L'HUISSIER.

Je vais être bourré, c'est égal. (*Il ouvre timidement la porte du grand cabinet, et après avoir regardé, bas au directeur*), Son Excellence n'est pas là.

LE MINISTRE (du fond de son cabinet).

Qui me demande?

L'HUISSIER (haut).

M. le directeur de la 4e. direction.

LE MINISTRE (toujours du fond du cabinet secret).

Chien de métier!..... On ne peut pas.
être un moment tranquille. — (*Avan-*
çant la tête). Qu'il entre. — (*Criant*).
Bonjour, baron. Fermez la porte et
poussez le verrou.

(Le directeur va poser le portefeuille sur le grand bureau, et
pendant un moment de silence taille une plume pour Son
Excellence.)

LE MINISTRE (avançant de nouveau la tête).

Venez donc, baron. Vous avez de
l'esprit, vous! vous n'êtes pas de trop.

LE DIRECTEUR.

Votre Excellence est peut-être occupée dans ce cabinet..... à des affaires
secrètes.....

LE MINISTRE (allant au devant de lui).

Très-secrètes. Mais entrez, entrez.
(*Le directeur entre*). Depuis ce matin
je tâche de faire connaissance avec ce

perroquet que madame M***., la femme
du député, a donné à la mienne. On dit
que c'est l'animal le plus drôle du monde ; mais ma femme n'a absolument
point voulu me dire ce qu'il sait. Vous
n'ignorez pas que M. M***. vote pour
nous? Nous lui devons de la reconnaissance : je la lui ai témoignée. Madame
M***. a voulu faire une galanterie à
ma femme, et lui a envoyé ce perroquet,
en lui donnant l'assurance qu'il parle
comme un ange. Je le provoque depuis
ce matin, et n'en puis rien obtenir.

LE DIRECTEUR.

Voyons donc : (*imitant le jargon de
l'animal*), as-tu déjeuné Jacquot? (*Silence.*)

LE MINISTRE (de même).

Oui, oui, oui, oui, oui, oui, oui.

LE DIRECTEUR.

Eh! de quoi?..... (*Toujours silence.*)

LE MINISTRE.

Du rrrrot. (*Toujours silence.*) Maudit oiseau! il y met de l'entêtement.

LE DIRECTEUR.

Votre Excellence lui a-t-elle donné... quelque douceur ?

LE MINISTRE.

Sans doute : il est gourmand comme le centre. Je lui ai donné du sucre. (*Tournant le dos.*) Il lui faut peut-être aussi des places. Voyons : je n'ai que quelques instans à vous donner.

LE DIRECTEUR.

Nous avons de nombreuses signatures, et la plupart pressées. Voici d'abord le projet de loi, de vingt articles réduit à deux, comme Votre Excellence l'a désiré.

LE MINISTRE.

Si vous aviez pu le mettre en un seul !.

Vous ne savez pas combien ils sont ba-
vards à cette chambre! chaque mot,
chaque virgule est pour ces gens-là un
champ de bataille. Quelle satisfaction
si, par une bonne ordonnance, on pouvait leur fermer la bouche!

LE DIRECTEUR.

Je n'ai plus de crainte que pour le
2ᵉ. paragraphe de l'article 2.

LE MINISTRE (lisant).

C'est clair : ils vont crier que nous
levons un impôt, et mettre en avant la
Charte, avec laquelle, convenez-en, il
est bien difficile de marcher. Le fait est
que, s'ils nous poussent cette objection,
je ne vois pas ce que nous aurons à leur
opposer.

LE DIRECTEUR.

Monseigneur..... Les orateurs du gouvernement..... sont là pour....

LE MINISTRE.

Laissez-moi donc avec vos orateurs!... des feseurs de phrases qui n'ont pas un argument dans le ventre, à qui il faut une direction par péroraison, et un ministère par discours..... (*Relisant l'article*). Il nous faut là, contre l'opposition, une raison solide, sans réplique, qui ferme la bouche à tout le monde!....

JACQUOT (du fond du cabinet).

La clôture!..... la clôture!.....

LE MINISTRE (au directeur).

Heim?..... Quest-ce que vous dites donc?

LE DIRECTEUR.

Rien du tout, monseigneur.

LE MINISTRE.

Ce n'est pas vous qui venez de dire : *La clôture?*

LE DIRECTEUR.

Je n'ai rien dit du tout.

LE MINISTRE.

Je rêve, apparemment. Supposons qu'on nous passe cet article, nous devons nous attendre qu'il sera en pleine chambre l'occasion d'une nouvelle agression de M. L. F***., qui va remettre en discussion les principes les plus inviolables. Il criera comme un furieux.

LE DIRECTEUR.

S'il crie, le centre criera aussi.

LE MINISTRE.

Fort bien ; mais que criera-t-il ?

JACQUOT (du fond du cabinet).

A l'ordre ! à l'ordre ! à l'ordre !

LE MINISTRE (se levant).

Je ne me trompe pas ! c'est le perroquet de madame M***. Ma foi ! baron,

c'est une bête charmante, qui a vraiment plus d'esprit que vous et moi.....
(*Riant*). Ah! ah! ah! C'est délicieux.

JACQUOT (riant).

Ah! ah! ah! ah!

LE DIRECTEUR.

Ah! ah! ah!

LE MINISTRE (se pend à une sonnette).

C'est lui qui tout à l'heure nous a
conseillé la clôture..... C'est impayable!
Ah! ah! ah!

JACQUOT (plus fort)

Ah! ah! ah! ah!

LE DIRECTEUR.

Ah! ah! ah!

LA FEMME DU MINISTRE.

Eh! qu'avez-vous donc, mon ami?
La vivacité de votre coup de sonnette
m'a effrayée, et je suis venue...

LE MINISTRE.

C'est..... je n'en puis plus de rire..... ton perroquet..... j'étouffe..... qui nous fournit des argumens.... pour soutenir notre projet de loi..... Demande au baron.

LA FEMME DU MINISTRE.

Quelle indiscrétion vous faites-là, mon ami? Madame M.... m'a recommandé de ne montrer le perroquet et son savoir-faire à personne, et vous allez.....

LE MINISTRE.

Quel mal y a-t-il? Le baron par état entend tout et ne dit rien. Apprends-moi donc qui a fait l'éducation de cette admirable bête?

LA FEMME DU MINISTRE.

Cette éducation s'est faite sans maître et sans précepteur; voici comment:

le fait n'est pas suspect, je le tiens de madame M... Son mari, le député, passe une partie de ses matinées dans le cabinet où perchait ce perroquet, et, là, il s'exerce habituellement aux pratiques parlementaires que vous et vos collègues lui recommandez. M. M... s'enferme régulièrement, chaque jour, deux heures, s'appliquant à cette étude, variant ses inflexions de voix, les grossissant ou les aiguisant. Il paraît que Jacquot n'a pas perdu un mot de tout ce que disait M. M... — La vérité est qu'un beau jour, Jacquot, étant amené dans le salon, articula très-nettement, au grand étonnement de toute la société, ces mots si souvent répétés à la chambre: *La question préalable! à l'ordre! la clôture*. Je les lui ai moi-même entendu prononcer avec une énergie peu commune. Des cent vingt voix qui forment en ce moment votre majorité, je n'en connais pas une qui puisse être comparée à celle de Jacquot.

LE MINISTRE.

Emporte-le ; ce serait un sujet éternel de plaisanterie ; il fera les délices de notre maison de campagne. Va, ma bonne amie, nous sommes occupés.

JACQUOT (emporté sur l'index de la femme du ministre).

La clôture ! à l'ordre ! à demain ! aux voix ! la clôture !

LE MINISTRE.

Chut ! chut ! chut !... (*Au directeur, en prenant un dossier dans le porte-feuille.*) Qu'est-ce que cela ?

LE DIRECTEUR.

Un rapport sur les troubles qui ont éclaté dans votre département.

LE MINISTRE.

Ah ! fort bien. (*Allant aux conclu-*

sions du rapport.) Que me proposez-vous?

LE DIRECTEUR.

Votre Excellence avait mis en marge de la dépêche télégraphique : *Punir sévèrement.*

LE MINISTRE.

Eh bien ?

LE DIRECTEUR.

On propose à Votre Excellence d'inviter le procureur du roi à conclure contre quatre des coupables aux galères à perpétuité; contre six, à cinq ans d'emprisonnement; et contre douze, à trois mois seulement. La lettre d'exécution est annexée au rapport. Votre Excellence n'a plus qu'à signer.

LE MINISTRE.

Trois mois d'emprisonnement pour ces douze gaillards-là, c'est peu...

10*

LE DIRECTEUR.

La plupart sont mariés...

LE MINISTRE.

Qu'est-ce que cela fait ?

LE DIRECTEUR.

Ils ont des enfans...

LE MINISTRE.

Des enfans ! des enfans ! Les gens opposés au gouvernement ne devraient pas avoir le droit de faire des enfans.

LE DIRECTEUR.

Ce sont des compatriotes de Votre Excellence.

LE MINISTRE.

Précisément. Pour qui ferai-je quelque chose, si ce n'est pour mon pays ? Trois mois d'emprisonnement, vous badinez ? (*On entend pleurer et crier un enfant*). Qu'est-ce que j'entends donc ?

(*On pleure plus fort*). Eh ! mon Dieu ! (*Silence*). C'est la voix de mon Ernest. (*Le ministre allant ouvrir une petite porte*). Julie ! Julie ! *Il sonne de plusieurs côtés*). Lui serait-il arrivé quelque chose ?

ERNEST (en jaquette; il est tout en larmes, et tient à la main un Jocko et un Polichinelle; il se précipite dans les bras de Son Excellence.)

La vilaine bonne ! elle a cassé la pate à mon Jocko..... C'est une méchante !

— LE MINISTRE (prenant Ernest sur ses genoux).

A ton Jocko ?..... Ah ! la maladroite ! Elle va avoir affaire à moi !... Cher enfant ! baisez papa.

LE DIRECTEUR.

Nous allons raccommoder cela. Votre Excellence veut-elle permettre ?.....(*Le directeur essaie de remettre la pate à Jocko.*)

LE MINISTRE.

Il y a quelque chose là-dessous. (*Il sonne très-fort*). On aura maltraité cet enfant. Julie! Julie!

LE DIRECTEUR (à Ernest qui pleure à chaudes larmes et inonde le rapport.)

Voilà, mon petit ami. (*Ernest donne un coup de pied au directeur*). Peste! (*A part*). Comme il y va!

LE MINISTRE (au directeur).

Il est très-fort pour son âge. (*Le directeur présente le rapport au feu pour le faire sécher*).

JULIE (à la porte du petit escalier).

Vous appelez, Monseigneur?

LE MINISTRE (brusquement).

Qu'a-t-on fait à cet enfant!

JULIE.

Monseigneur, il a déchiré mon ta-

blier, il m'a donné des coups de pied,
et je l'ai mis en pénitence.

LE MINISTRE.

Quelle pénitence?

JULIE.

Cinq minutes derrière le grand fauteuil.

LE MINISTRE.

Cinq minutes! un enfant de quatre
ans! y pensez-vous? C'est barbare! (*Au
directeur qui ne faisait plus attention*).
Baron, n'êtes-vous pas de mon avis?

LE DIRECTEUR (revenant avec son rapport).

Certainement, Monseigneur : six
prisonnement.

LE MINISTRE.

Qui vous parle de cela? C'est de la
pénitence d'Ernest qu'il est question.
(*A Ernest*). Allons, va-t'en, mon bon
ami; va faire joujou : voilà un chocolat;

et vous, Julie, ne vous avisez plus de le mettre en pénitence. (*Julie sort avec Ernest.*)

LE DIRECTEUR.

Votre Excellence veut-elle, contre les douze prévenus, l'emprisonnement de trois ou de six mois ?

LE MINISTRE (froidement).

Ni l'un ni l'autre : mettez un an. (*A lui-même*). Ces maudits domestiques sont d'une brusquerie, d'une cruauté !.... Les femmes ne valent pas mieux que les hommes : elles n'ont pas la moindre sensibilité. — Cet autre rapport ?

LE DIRECTEUR.

C'est le travail des réformes que Votre Excellence a demandées.

LE MINISTRE (bâillant).

Combien m'en proposez-vous ?

LE DIRECTEUR.

Soixante.

LE MINISTRE (étendant les bras).

Ce qui fera une économie de.....

LE DIRECTEUR.

État n°. 1, 125,000 fr.; mais, État n°. 2 : les retraites, les traitemens temporaires, et les gratifications coûteront 150,000 fr.

LE MINISTRE.

Que voulez-vous, mon cher ami! il faut paraître à la chambre avec des réformes.

LE DIRECTEUR.

Voilà quelques employés qui mériteraient des égards..... si Votre Excellence veut bien jeter les yeux sur la colonne d'observations.

LE MINISTRE (regardant la pendule).

C'est que le temps se passe..... —

Oui, je vois bien : (*Lisant*). « Il fait
» vivre..... de ses appointemens...., son
» père aveugle....., sa mère infirme, et
» deux vieilles sœurs qui n'ont que lui
» pour soutien.»

LE DIRECTEUR (montrant du doigt).

Et cet autre, surtout.....

LE MINISTRE (lisant et bâillant plus fort).

« Quinze ans de service,... une fem-
» me,..... quatre enfans.....» (*S'arré-
tant, et regardant le baron*). C'est in-
concevable ! tous ces malheureux-là
ont des familles qui n'en finissent pas!
Ne trouvez-vous pas, baron, que la mi-
sère est prolifique? Par exemple, ne
serait-il pas mieux que j'eusse cette colonie d'enfans, que votre monsieur à
dix-huit cents francs? Eh bien! non :
je suis pair de France, et c'est tout au
plus si j'ai un fils unique.

LA FEMME DU MINISTRE (entrant vivement par
la porte dérobée).

Qu'est-ce que j'apprends donc, monsieur? Vous aviez promis de mettre Julie à la porte, la première fois qu'elle maltraiterait Ernest; l'occasion se présente et vous mollissez encore?

LE MINISTRE.

Ma bonne amie, tu t'emportes,..... tu t'emportes..... Elle n'a point maltraité Ernest.

LA FEMME DU MINISTRE.

Je ne sais pourquoi vous soutenez toujours cette créature-là. J'exige que vous la mettiez à la porte.

LE MINISTRE.

A la porte!..... Y penses-tu? Est-ce qu'on met comme cela à la porte d'anciens serviteurs? Que diable! on y regarde à deux fois.

LA FEMME DU MINISTRE.

Je vous dis, monsieur, qu'elle ne restera pas.....

LE MINISTRE.

Attends : je n'ai plus que cette signature..... (*Lisant.*) « Quinze ans de ser- » vice, une femme,... quatre enfans.... » Total de la réforme : soixante em- » ployés.....» (*Écrivant.*) Approuvé. (*A sa femme.*) Julie a besoin de sa place, et tu n'as pas assez mauvais cœur pour la mettre sur le pavé.

UN LAQUAIS (tenant un paquet cacheté).

Une dépêche pressée. (*Le laquais sort*).

LE MINISTRE (au directeur).

Que nous reste-t-il à signer? (*A sa femme.*) Décachette; cela ne m'a pas l'air officiel.

LE DIRECTEUR.

Il reste à signer presque tout le portefeuille, 450 à 470 lettres.....

LE MINISTRE.

Donnez-moi quelques-unes des plus urgentes, et dites-moi sommairement ce qu'elles contiennent.

LA FEMME DU MINISTRE.

Ah! c'est charmant! vous avez enfin pensé à ce que je vous avais demandé.

LE MINISTRE.

Quoi donc?

LA FEMME DU MINISTRE (lisant la lettre).

« Selon le vœu que Votre Excellence
» a bien voulu m'exprimer, j'ai l'hon-
» neur de lui soumettre la composition
» de trois spectacles. Je la prie de

» me faire indiquer celui qu'elle aura
» choisi.

» J'ai l'honneur d'être avec le plus
fond respect,

» De Votre Excellence,

» Le très-humble et très-
obéissant serviteur,

» Le directeur du théâtre des Variétés.

» BRUNET. »

LE MINISTRE (à sa femme).

Voyons cela. (*Au directeur.*) Vous
voulez que je signe celle-ci ? Qu'est-ce ?

LE DIRECTEUR.

Vives réprimandes au préfet d'Ille-
et-Vilaine.

LE MINISTRE (signant et regardant la feuille de
spectacle.)

Jocrisse maître et Jocrisse valet.

LA FEMME DU MINISTRE.

Oh ! c'est vieux !

LE MINISTRE (au directeur).

A qui cette autre lettre ?

LE DIRECTEUR.

A votre collègue de l'intérieur.

LE MINISTRE (signant et regardant la feuille des spectacles).

L'homme automate. (A sa femme.) A merveille ! nous irons là. *(Au directeur.)* Encore une , si vous voulez.

LE DIRECTEUR (présente une autre lettre à signer).

A Son Excellence le ministre de l'instruction publique.

LE MINISTRE (signant).

Les Deux Précepteurs ou *Asinus asinum fricat.* Décidément, c'est ce spectacle-là que je choisis. Potier y est , dit-on, excellent. Baron, je n'ai plus le temps.

LE DIRECTEUR.

Voilà pourtant, monseigneur, trois cents lettres bien pressées...

LE MINISTRE.

Les chevaux sont mis; nous allons au Diorama : le temps est superbe; il faut en profiter pour juger l'*effet de neige et de brouillard*. A la semaine prochaine. Arrivez de bonne heure.

———

Savez-vous, madame, qu'une pareille séance donnerait à faire bien des réflexions philosophiques ? Ce bizarre mélange de *Seria* et de *Buffa* n'est-il pas propre à égarer la raison, et n'aimeriez-vous pas mieux que vos plus chers intérêts fussent soumis aux décisions d'un dé ou d'une carte, que subordonnées aux résolutions ministérielles? Un projet de loi discuté par un perroquet, faisant fonction d'orateur du gouvernement; des dépêches graves mises de côté, et les dépêches du directeur du théâtre des Variétés décachetées et lues avidement; enfin la réforme de soixante employés approuvée et signée en présence de Jocko et de Polichinelle, tout cela donnerait à penser que c'est la folie qui administre et la sottise qui est gouvernée.

Vous avez vu que lors de cette séance de travail du ministre et du directeur, vous attendiez déjà depuis quarante jours une réponse à votre placet; mais elle est peut-être de celles que Son Excellence a renvoyées à la semaine prochaine. Pendant qu'elle observe *l'effet de neige et de brouillard* au Diorama, vous vous bercez de l'espoir qu'une lettre de Son Excellence va vous parvenir. Bien plus, vous agitez gra-

vement au coin du feu la question de
votre succès. Votre oncle, qui est homme de sens, votre frère qui a de l'esprit,
s'engagent dans la discussion que vous
élevez. Chacun d'eux s'étudie, soit pour
corroborer vos espérances, soit pour les
combattre, à prêter à Son Excellence
de bons et solides argumens; un ami
arrive qui prétend que ces messieurs
prononcent bien vite; que le ministre y
songera plus mûrement; qu'un homme
d'état de la portée de Son Excellence
veut voir et étudier une affaire avant de
s'expliquer; que c'est, sans doute, ce
qu'il fait pour la vôtre qui est épineuse,
très-épineuse. Durant cette discussion vive, animée, du sein de laquelle
s'élèvent quelquefois des oppositions
et des contre-oppositions de familles,
des majorités et des minorités où prennent part tous les gros bonnets de la
petite ville, le ministre, parfaitement

étranger à de pareils débats , où vos imaginations lui font jouer un rôle actif, tourne paisiblement sur le grand pivot de MM. Bouton et Daguerre.

Et puis, madame, à quoi servent les réponses qui arrivent deux mois après les demandes ? De pareilles réponses tombent presque toujours à faux. C'est faire de l'administration sur de l'histoire. Vous trouveriez absurde que les commis de M. de Villèle fussent employés à satisfaire aux lettres que M. de Necker avait laissées sans réponse. Eh bien ! ce qu'on fait généralement n'est guère plus opportun. Demandez-vous une dispense d'âge ? le temps vous l'aura accordée quand vous parviendra la lettre ministérielle qui vous la refuse.

Faut-il se plaindre ou s'applaudir de cette torpeur de l'administration ? Je sais qu'elle cause beaucoup de désordres particuliers ; mais pour l'amour de l'espèce, je me réjouis de tous ces délais. Que n'aurions-nous pas à craindre d'une administration pourvue de gendarmes, de garnisaires, de baïonnettes et de télégraphes, qui aurait l'activité et la vigilance du commerce?

DIX-NEUVIEME LETTRE

A MADAME.....

Bévues administratives. — Les dix meilleurs préfets. — Les dix plus mauvais — Préfets à 28 points. — Préfets à un point. — Immense placard. — Préfet se moque du ministre. — Mille têtes tondues. — Le perruquier de la préfecture. — Les perruques. — Ambitions administratives.— Charivaris à Brest. — On y envoie un commissaire, deux commissaires, trois commissaires. — Le télégraphe. — Le nuage. — Ivresse maritime. — Retour aux vanités terrestres.

MALGRÉ tous les moyens de contrôle que doivent offrir dans les ministères le concours de tant de travailleurs et d'attentions diverses, il s'y commet fréquemment des bévues, des balour-

dises dont plusieurs sont filles du hasard, la plupart de la vanité. J'ai sou-
venance de quelques-unes dont le récit
vous égayera.

Napoléon croyait utile de donner
fréquemment l'exemple de grandes récompenses pour entretenir ou exciter
l'émulation. Ce n'était point sans examen qu'il distribuait ses faveurs : il
s'appliquait à chercher par lui-même
quel homme en était le plus digne; il
voulait des renseignemens, des notes
sur la capacité, le talent des candidats
aux grâces qu'il allait répandre. Quand
il se croyait suffisamment éclairé, une
croix, un trait de plume hardi indi-
quaient les heureux, et ce n'était pas
toujours ceux à qui les ministres avaient
donné des espérances.

Un jour Napoléon écrivit :

« Je désire que vous me présentiez
» un travail qui aura pour objet de me

faire connaître quels sont les dix
meilleurs et les dix plus mauvais
préfets, mon intention étant de récompenser les uns, et de changer ou
de faire permuter les autres.

» Sur ce, je prie Dieu qu'il vous ait
en sa sainte et digne garde.

» Signé, NAPOLÉON. »

Sur cet ordre, le ministre avait sim-
lement inscrit de sa main, ces mots :
*Faire ce travail pour le prochain
onseil.*

Les destinées de vingt préfets se trou-
aient donc pour ainsi dire livrées aux
ommis. On tint conseil, on discuta,
t l'on tomba d'accord qu'une grande
mpartialité était nécessaire. Voici l'in-
royable système que l'on adopta dans
intention franche de trouver la vérité.
La forte tête de la division établit
ue l'administration générale offrait

des subdivisions dont les unes étaient
plus importantes que les autres ; il les
classa ainsi :

Conscription.

Impôts.

Ponts-et-chaussées.

Police.

Hôpitaux.

Cultes.

Élections.

Selon la forte tête de la division,
la conscription était la branche la plus
importante de l'administration, et les
élections la moins essentielle. Je crois
qu'un classement à rebours suffirait aujourd'hui pour faire apprécier la différence qui existe entre le gouvernement impérial et celui sous lequel nous
vivons. Ce chef de bureau arrêta que la
conscription bien conduite valait sept
bons points, les impôts six, les ponts-
et-chaussées cinq, la police quatre, etc.

D'après cette base, il suffisait d'ouvrir un compte à chaque préfet, de placer en regard de son nom, dans la colonne *conscription* ou *impôts*, le nombre de bons points que, selon ses succès, il pouvait mériter ; puis, additionnant les colonnes pour ne former, par préfet, qu'un seul total de tous ces bons points, il devenait simple de comparer les totaux entre eux, ce qui donnait

des préfets à 28 points ;
des préfets à 23 points ;
des préfets à 20 points ;
des préfets à 15 points, etc.

Rien ne paraissait aux yeux plus régulier que ce bizarre travail : il semblait que Thémis elle-même eût compté tous ces points ; aussi l'inventeur arriva-t-il tout fier au travail du ministre, produisant :

Dix préfets à 28 points pour les récompenses,

Et dix préfets à 1 point pour les mutations.

Tous les autres préfets (alors au nombre de 116, non compris les 20 ci-dessus) se trouvaient placés entre leurs collègues à un point et à 28 points, ce qui indiquait qu'ils n'étaient dignes ni de récompense ni de blâme.

Le ministre, il faut le dire, se laissa d'abord séduire par ces bons points qui lui semblaient un ingénieux garant d'impartialité; mais lorsqu'il en vint à l'examen des noms que ce beau système livrait aux flagellations et aux récompenses impériales, il frémit de tous ses membres, et cria à l'absurdité!

C'est bien plus aux localités, à l'esprit des habitans et aux circonstances, qu'il faut généralement faire honneur des succès administratifs, qu'au talent ou au zèle des porteurs de brevets. Ce principe ayant été compté pour rien dans le travail des bons points, il en était arrivé 28 au plus incapable des préfets, et un seulement au plus habile; c'est ce qu'il fut facile de reconnaître à l'inspection des noms : le premier sur lequel le travail appelait les récompenses de Sa Majesté était celui du plus franc imbécile que jamais préfecture ait porté. Il fallut donc se résoudre à rire des bons points du chef de bureau, et consulter l'expérience et l'opinion pour désigner les dix meilleurs et les dix plus mauvais préfets; je me rappelle qu'il fut difficile de compléter la dizaine des bons préfets; pour les autres on n'eut que l'embarras du choix. Le personnel d'aujourd'hui offre-t-il les mêmes richesses ?

Il faut pardonner aux bévues qui ne franchissent pas l'enceinte du ministè-

11*

re, mais celles que l'activité des courriers portent dans les départemens; celles qui trouvent des préfets pour les développer, et des sous-préfets pour les exécuter, tombent de droit dans le domaine de la satire; telle fut celle-ci :

On rédigeait une instruction; l'un des articles déterminait les formes selon lesquelles devait être exécuté un recensement de population, et le rédacteur y prescrivait d'inscrire les noms, les prénoms et les *signalemens* dans un tableau assez vaste dont il donnait le modèle, n° 4 ou 5. Par la même instruction, à quelque centaine d'articles de là, on ordonnait la publication et l'affiche de ce même recensement sur les murs des communes. Le rédacteur, pour n'avoir point à faire un modèle d'affiche, trouva simple de s'exprimer ainsi : *Cette affiche sera en tout conforme au modèle déjà indiqué pré-*

cédemment, n°ˢ. 4 et 5. Le registre
auquel il renvoyait exigeait, à raison
du signalement, un espace de 6 à 8
pouces carrés pour chaque individu;
et comme il s'agissait de trois ou quatre mille individus, c'était ordonner
d'afficher un placard d'une dimension
de deux à trois mille pieds carrés environ. La cause de cette absurdité était
facile à saisir : le *signalement* était
utile dans le registre, mais inutile dans
l'affiche, et le rédacteur aurait dû dire :
« Cette *affiche* sera conforme au mo-
» dèle déjà indiqué précédemment,
» n°ˢ. 4 et 5, *sauf les signalemens qu'il*
» *faudra supprimer.*» Personne ne s'a-
perçut de cette balourdise, et l'instruction parvint à tous les préfets. La plupart avaient l'habitude de l'obéissance
passive. Ces dociles fonctionnaires, arrivés à l'article qui leur prescrivait
l'impression et l'affiche d'un placard de

trois mille pieds carrés, se livrèrent
aux plus vives inquiétudes sur les diffi-
cultés d'exécution d'une si gigantesque
mesure. Quelques-uns s'empressèrent
de faire toiser la hauteur et la largeur
des murs les plus élevés, ceux de l'hô-
tel-de-ville et de la salle de spectacle ;
aucun n'offrait la surface nécessaire
pour recevoir le placard. D'autres son-
geaient à faire bâtir des murailles et
des rotondes de cent pieds d'élévation ;
mais il se présentait des obstacles toujours nouveaux, soit pour les échelles,
soit pour les afficheurs. Le préfet de
Paris calcula que toutes les façades du
Panthéon ne seraient point assez vastes
pour recevoir le placard du département
de la Seine. Un autre porta ailleurs sa
sollicitude : il estima que tout le papier
qui existait en France ne suffirait pas
pour la confection des placards à apposer
dans les quarante mille communes, et

qu'il y avait danger de faire tripler de prix cette marchandise déjà fort coû-teuse. Un préfet, plus hardi et plus gai que les autres, imagina, avant de ten-ter aucun moyen d'exécution, d'écrire au ministre la lettre suivante :

   Monseigneur,

 « Votre Excellence sait que je ne fais » d'observations sur les mesures qui me » sont ordonnées que lorsqu'il y a force » majeure.

 » Jamais il n'a existé de force plus » décidément majeure que celle qui » s'oppose à ce que je fasse afficher sur » les murs de la ville de..... l'immense » placard, dont l'art....... de votre in-» struction du....... prescrit la publica-» tion.

 » 1°. Notre imprimeur n'est guère » capable d'imprimer que mes circulai-» res aux maires, et les contraintes ou

» sommations des percepteurs. Il de-
» mande deux années pour exécuter le
» placard en question, et cela moyen-
» nant que je ferai venir de Paris des
» caractères et des compositeurs.

» 2°. Je ne sais pas si Votre Excel-
» lence a calculé qu'il nous faudrait
» environ 5,000 rames de papier (plus
» que n'en fourniraient les dix dé-
» partemens environnans.) Elle jugera
» peut-être convenable de passer un
» marché avec les fabriques d'Anno-
» nay.

» 3°. Les maisons n'ont ici qu'un
» étage, et, si l'on ne donne que cette
» hauteur au placard, il faudrait l'affi-
» cher en largeur, et par conséquent
» faire prolonger les murs d'enceinte de
» la ville, qui, dans leur état actuel, ne
» présenteraient pas assez de surface
» pour recevoir toute l'affiche.

» 4°. Si on prend le parti de faire

» bâtir une muraille *ad hoc* (ce qui
» serait peut-être le parti le plus sage),
» il est à observer que les yeux les plus
» perçans auront peine à lire tout ce
» qui dépassera douze à quinze pieds.
» Alors il serait peut-être à propos
» d'avoir quelques lunettes d'approche
» ou de solides échelles à l'usage de
» ceux qui voudraient vérifier les listes,
» car c'est là, je pense, le véritable but
» de la publication par affiches.

» Je prie Votre Excellence de vouloir
» bien faire examiner ces diverses pro-
» positions, et de me faire connaître ce
» qu'elle aura jugé à propos de déci-
» der. »

Le préfet du département, etc.

Cette lettre arrivait aux mains du
ministre en même temps qu'une note
de l'empereur, ainsi conçue :

« Monsieur le duc, plusieurs préfets se

» plaignent que votre instruction est
» inexécutable ? Rendez-moi compte
» de cela. »

Il fallut faire une circulaire pour
prévenir les préfets que la publication
par affiches devait être faite *sans signalemens*. Quant au rapport à faire
à l'empereur, ce fut une affaire d'état ;
attendu que, comme de coutume, on
voulait donner tort aux préfets, et prou-
ver qu'ils avaient mal compris.

Il est de fait que le dévouement outré
de quelques-uns de ces fonctionnaires
les entraînait quelquefois à des mesures
ridicules. Un préfet est encore debout,
qui ne se souvient certainement pas de
l'ingénieux moyen qu'il avait mis en
pratique pour parvenir à faire arrêter
ses conscrits réfractaires. Ils étaient ré-
pandus sur les routes de son département ; mais, échappant sous toutes les
formes aux recherches de la gendar-

merie, le préfet n'avait à rendre compte que de peu d'arrestations. Il prit un arrêté dont voici la teneur.

« Nous préfet, etc. Considérant que le nombre des conscrits réfractaires va chaque jour croissant dans l'étendue de notre département; que, sous une multitude de déguisemens, ces réfractaires ou déserteurs cherchent à échapper à la gendarmerie et aux garnisaires; qu'il importe de mettre la force publique à même de reconnaître sur-le-champ, par un signe non équivoque, tous ceux qui, venant à être saisis, déserteraient de nouveau;

» Avons arrêté :

» Art. Ier. Seront tondus à ras tous les réfractaires ou déserteurs que la gendarmerie arrêtera.»

Voici comment le ministère fut informé de cette bizarre mesure : le préfet avait chargé de l'exécution de son arrêté le perruquier de la préfecture. Un traité avait été passé avec cet artiste, qui devait recevoir trente centimes pour chaque réfractaire tondu. Ses ciseaux en avaient déjà expédié un millier, ce qui lui donnait droit à réclamer une somme de trois cents francs; il dressa facture et la présenta au préfet, qui, enchanté de son invention, sollicita fièrement auprès du ministre le paiement des cent écus sur les frais généraux de recrutement. Comme il n'y avait point encore de lois ni décrets qui permissent de tondre les gens, le ministre demanda un rapport sur cette affaire. On le rédigea de manière à égayer Son Excellence, à laquelle le rapporteur fit remarquer que le stratagème mis en pratique par le préfet n'était point sans objection; que la première qui se présentait se tirait naturellement de la vieille invention des perruques, dont les conscrits réfractaires ne manqueraient certainement pas d'adopter l'usage.

Le terrain de l'administration est celui sur lequel germent et se développent avec le plus de rapidité les petites vanités, les ambitieuses illusions. De ses sillons on voit s'élancer des jets présomptueux et des bourgeons gonflés d'orgueil. Mais la moindre bise de défaveur, le plus petit ouragan de disgrâce, fanent et flétrissent toute cette éphémère germination. Certains troubles récens qui ont fait moins de bruit que les charivaris auxquels ils doivent leur grotesque célébrité, ont livré nue au fouet de la satire la comique ambition d'un de nos grands personnages. C'est une aventure qui appartient de droit au malin vaudeville.

Aux jours des réactions royalistes, la ville de Brest avait attiré l'attention de nos ministres par un certain esprit d'op-

position et de turbulence. Il n'y avait
rien de grave ni de dangereux dans cette
fermentation de quelques jeunes têtes;
mais le malheur des choix ayant réuni
à Brest un ensemble de fonctionnaires
plus religieux qu'habiles, plus dévoués
que sages, entretenait les irritations;
elles continuaient en outre d'être exci-
tées par des rapports accusateurs où,
exploitant la calomnie officielle, on
présentait toute la population de Brest
comme révolutionnaire. En effet, une
ville paisible laisse ses administrateurs
sans avancement; turbulente elle les
présente aux récompenses et aux décorations. Voulez-vous des places et des
grâces? inventez des coupables.

Des commissaires du gouvernement,
sous le puéril prétexte d'une promenade
maritime, furent envoyés à Brest. Leurs
instructions étaient de reconnaître l'état
des esprits et de sonder les opinions.

C'étaient de dignes jurisconsultes, con-
naissant les livres beaucoup mieux que
les hommes; ils étaient, de tout point,
peu propres à la délicate mission qu'on
leur avait confiée. Qu'arriva-t-il? l'un
après l'autre, ils furent conspués par
les jeunes étourdis de Brest; les lettres
anonymes, les sifflets, furent les armes
qu'on employa contre ces innocens in-
quisiteurs, qui sortirent de Brest ex-
pulsés par la peur plus encore que par
les chaudrons et les casseroles dont
l'improbateur cliquetis les poursuivit
jusque par-delà les remparts.

Un tel événement, aux temps des
délations et des espionnages, valait un
conseil des ministres. Il eut lieu : on y
décida qu'un des grands-officiers de la
maison du roi, dont la vie militaire et
publique était digne d'une importante
cité, serait envoyé à Brest; que cette
mission annoncée avec beaucoup d'é-

clat recevrait un caractère de solennité des hommages que tous les fonctionnaires seraient appelés à rendre à ce pompeux commissaire flanqué d'officiers généraux, d'aides-de-camp et d'un nombreux personnel.

Le choix suprême tomba sur un illustre capitaine dont la marotte était, dit-on, de devenir ministre de la marine. S'il en faut croire la renommée, il ne rêvait, dans les loisirs même de la retraite, que vaisseaux à trois ponts, frégates, lougres et cutters; sa vocation était si prononcée, qu'il avait (du moins on l'assure) introduit furtivement dans ses armes une ancre et un trident imperceptibles. Sa nomination dans une circonstance semblable vint confirmer ses espérances. Pourquoi m'envoie-t-on à Brest, se disait-il, si ce n'est pour me faire préluder d'une manière galante au ministère qui m'attend?

Il part, emplissant de ses illusions et de sa personne l'élégante et solide voiture qui l'emporte dans le Finistère. Le voilà à Brest, entouré de toutes les autorités civiles et militaires, donnant et rendant des fêtes, faisant d'excellens dîners et de la musique qu'il aimait beaucoup. Ce talent fit d'abord taire des haines et des oppositions, que jusqu'alors on n'avait pu calmer. Ce résultat est remarquable. Un Machiavel, avec toute sa diplomatie, ne parviendra point à contenir une révolution qu'un violon va apaiser tout de suite. Les officiers du corps de la marine, généralement peu louangeurs, ne se montraient pas des plus empressés dans ces assiduités d'empressemens et d'hommages rendus au commissaire, lorsque tout à coup le bruit se répandit que le télégraphe en travail signalait un ordre qui débutait par le noble nom de l'envoyé;

les bras et les jambes de l'enfant de
Chappe continuaient à s'agiter, et de
cet ordre rapide qu'apportait le dieu de
la lumière, on connaissait déjà ces
mots :

« M. de... est nommé ministre de...»

Là un nuage importun était venu
suspendre le dialogue aérien; mais ce
qu'il avait déjà appris au commissaire
et aux Brestois suffit pour quelques instans à la publique joie. Les groupes se
forment; les autorités se voient dans
les rues et s'interrogent; elles savent
qu'elles ont des félicitations à faire;
mais comme elles ont aussi des faveurs
à demander, elles seraient bien aises de
savoir de quel département sa nouvelle
Excellence est ministre. Pourtant le
nuage qui fait peser ce doute affreux
sur cette foule de salariés, soulève un
peu ses lourdes ailes; le télégraphe de
Brest, réapercevant soudainement son

frère, distingue de nouveau un bras et puis deux qui lui font des gestes élo-quens; il recueille encore les majus-cules suivantes qu'un courrier porte, lettre par lettre, à l'impatient com-missaire.

M. de   est nommé ministre *de la ma*....

Ici, le nuage devient plus sombre, la nuit tombe, et plus d'espérance de pouvoir reprendre l'entretien télégra-phique; mais il est comme achevé. Pour quelle conviction resterait-il l'om-bre d'un doute? Qu'est-ce qu'un mi-nistre *de la ma*...., sinon un ministre *de la marine*? En bonne conscience, cette désignation n'est-elle point aussi officielle que le peut rendre l'ordon-nance du Moniteur?

Aussi s'avise-t-on d'autant moins d'en douter que le commissaire lui-même en est plus certain. Le voilà

donc ce ministère qu'il ambitionnait!
C'est par la marine que la France doit
un jour reprendre son rang en Europe!
il lui rendra son éclat, sa prospérité!

Il n'est que sept heures du soir, et
déjà le bruit que le ministre de la marine est dans les mers de Brest se ré-
pand par toute la ville; ce bruit court
frapper tous les établissemens mari-
times; il fait le tour de la rade, éveille
à bord les officiers, vide tous les ha-
macs, et va retentir jusque dans le ba-
gne, où il est accueilli par des espérances plus humbles.

L'amiral a bientôt donné un ordre du
jour. Chacun doit se tenir en grand
uniforme; sous-amiraux, capitaines de
vaisseaux et de frégates, intendans,
sous-intendans et commissaires de marine, se réuniront pour aller féliciter Son
Excellence.

Ils sont reçus.

Dans cette réception solennelle, le nouveau ministre de la marine écoute les plans d'amélioration et reçoit des placets; des faveurs jusqu'alors vainement sollicitées sont promises, des grades même sont accordés auxquels on garantit la ratification royale. L'administration du prédécesseur est exposée à quelques critiques. Comme nous allons mettre à flots ces bâtimens que la lésinerie laissait pourir et tomber à l'état de carcasses! Ce n'est point tout; Son Excellence, cédant aux instances des officiers supérieurs, promet de faire une tournée ministérielle dans la rade, le lendemain, à six heures du matin.

Cette nuit sera longue à son impatience; mais la véloce aiguille d'un habile tailleur a déjà trouvé le moyen d'attacher quelques ancres aux pans de l'habit de Son Excellence, et, au petit jour, comme elle met le pied dans la cha-

loupe d'honneur, tous les bâtimens de
la rade la saluent de dix coups de canon.
Son Excellence les parcourt tous, depuis
la cale jusqu'au perroquet; elle prend
des notes sur le matériel, sur le personnel, et témoigne également au petit
nombre d'officiers de terre qui l'accompagnent, les regrets qu'elle éprouve de
ne les avoir plus dans ses attributions,
lorsque, comme pour prendre part à
ses joies océaniques, le ciel du matin
que des nuages tiennent enfermé, se
dégage et présente son azur aux yeux
enivrés de Son Excellence le ministre
de la marine. Les deux télégraphes inter-
rompus la veille se communiquent de
nouveau; ils achèvent leur entretien si
mal à propos suspendu. O désespoir!
ô confusion! les lettres complémentaires
si complaisamment espérées, et qui devaient parfaire la nomination, n'amè-
nent point le *rine* qu'attendait le *minis-*

tre de la marine : elles produisent aux regards inquiets de l'élève de M. Chappe cet ensemble terrifiant : *Ministre de la maison du roi.* Son Excellence, sortant de la chaloupe d'honneur touchait du pied le rivage, au milieu des tambours, des fanfares et des trombones de terre et de mer, majestueuse comme un Neptune entouré de son humide cour de tritons et de nayades, lorsque lui fut remis le triste message où cet *ison du roi* vint foudroyer son ivresse maritime, et la rappeler aux vanités terrestres.

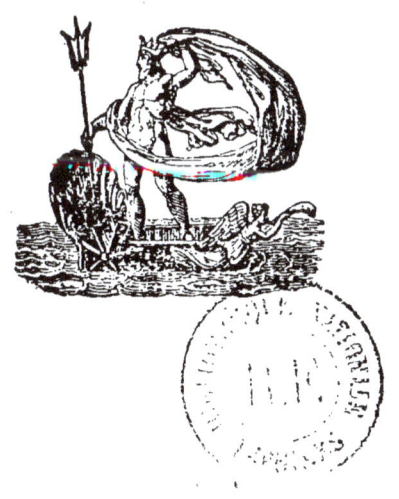

TABLE DES MATIÈRES

CONTENUES

DANS CET OUVRAGE.

TOME PREMIER.

CINQUIÈME LETTRE.

SIXIÈME LETTRE.

TOME SECOND.

DIXIÈME LETTRE.

ONZIÈME LETTRE.

FIN DE LA TABLE.